Beasts of the Field

荒野里的野兽

〔美〕威廉·朗 / 著

曹少森 / 译

重庆出版集团 重庆出版社

图书在版编目（ＣＩＰ）数据

荒野里的野兽 /（美）威廉·朗著；曹少森译. --
重庆：重庆出版社, 2024.8
　　ISBN 978-7-229-18591-6

　　Ⅰ.①荒… Ⅱ.①威… ②曹… Ⅲ.①儿童小说 – 长
篇小说 – 美国 – 现代 Ⅳ.①I712.84

　　中国国家版本馆CIP数据核字（2024）第076809号

荒野里的野兽
HUANGYELI DE YESHOU
〔美〕威廉·朗 著　　曹少森 译

责任编辑：周北川
责任校对：刘春莉　李小君
封面设计：李楚依

重庆出版集团
重庆出版社　出版

重庆市南岸区南滨路162号1幢　邮政编码：400061　http://www.cqph.com
三河市金泰源印务有限公司
重庆出版集团图书发行有限公司发行
E-MAIL: fxchu@cqph.com　邮购电话：023-61520417
全国新华书店经销

开本：787mm×1092mm　1/16　印张：12.25　字数：140千字
版次：2024年9月第1版　印次：2024年9月第1次印刷
ISBN 978-7-229-18591-6
定价：32.00元

如有印装质量问题，请向本集团图书发行有限公司调换：023-61520417

"传世动物文学"书系（100卷本）简介

　　动物文学资源丰富多彩，被介绍到中国来的外国作品只是其中很小的一部分。到目前为止，图书市场上没有一套成系统、有规模地囊括世界各国动物文学的书系，"传世动物文学"书系就是要把世界各国优秀的动物文学作品，分批次、成系统地介绍给中国的少年儿童读者，让他们对动物文学的多样化有一个全方位、新鲜的了解。本书系计划出版100本。

　　动物不只是冷漠无情、凶猛好斗，它们也有天真单纯、优雅有趣的一面；我们也能发现它们的灵性与智慧，还可感受到它们友爱的家庭氛围，甚至被它们的自我牺牲精神所震撼。动物的世界是人类世界的缩影，动物的生活和人的现实生活一样，有着悲欢离合的故事，也闪烁着打动人的美德。读每一本书就是在森林里上一堂课，从这些森林课堂里孩子们会懂得许多有关人与自然的道理，明白人和动物不是仇敌，而是平等的灵魂。只有理解、尊重并爱护它们，才不会招致它们的误解，才会得到它们善意的回报。

　　让我们走向大自然，走进神秘的动物世界，近距离了解与我们同一片蓝天、同一个家园的朋友——动物。

致美国的前辈们：

通过揭示科学领域之外的广阔的自然领域，他们正在努力使自然研究更加活力四射，更令人神往，同时使人们对世界的认识超越客观事实。

前 言

  自从《林间居民之路》《荒野里的野兽》以及最近面世的《森林的秘密》出版以来，很多读者要求出版商和作者就林间和田野中的生活研究，出版更为详细、更为生动的版本；而且，随着后续版本的问世，这种要求越来越强烈。

  为了满足上述需求，《荒野里的野兽》和《空中的飞禽》已经准备出版。这两部作品包括了以前的大部分插图，而且还补充了大量的新材料，能够使读者对林间居民有更多的了解。

  该书中用以称呼鸟类和野兽的名字是米利塞特印第安人提供的；偶尔提到的传说故事是从未有过书面记载的，只是作者在荒野中心的营地篝火前听说的；此外，文中的事件和插图都是真实的，就像我多年来观察和跟踪野生动物所看到的那样。

威廉·朗

于康涅狄格州斯坦福德

于 1901 年 8 月

译者序

　　本书的作者为威廉·约瑟夫·朗（William.J. Long，1867—1952），美国作家、自然主义者。他共出版了2部文学史类作品：《英美文学概论》和《英国文学：中古到伊丽莎白时期》；其中《英国文学：中古到伊丽莎白时期》一直被选作美国高中学生的教科书。同时，他对大自然充满了浓厚的兴趣，曾经亲自走进丛林和荒野去探索动植物的奥秘，并基于自己的观察，共著有三十余部有关野生动植物的书，其代表作有《森林的秘密》《动物秘径》《荒野里的野兽》《空中的飞禽》等。

　　作者在本书中详细而全面地介绍了他在荒野中所观察到的动物的习性，它们是调皮捣蛋的红松鼠米科、四处游荡的驯鹿梅嘉丽普、聪明可爱的兔子布尔、小心谨慎的水獭基奥尼克、憨态可掬的黑熊穆文、残忍嗜血的黄鼠狼卡加克斯、高大威武的驼鹿、勤勤恳恳的河狸、神出鬼没的猞猁阿普威克斯、狡猾多端的狐狸雷纳德和畏畏缩缩的林鼠图克希斯。或许，读者可能对这些动物已有耳闻，但本书能让读者走进它们的真实世界，更加具体而详细地了解它们的日常生活，了解它们各自的生存之道，并拓宽了他们对于野生世界的认识；另外，对这些动物的客观描述也会让读者读懂大自然的博爱之心，因为它赋予了每个物种特殊的生存本领；然而，为了维持自然界的持续发展，大自然还制定了"弱肉强食、适者生存"和"物竞天择、优胜劣汰"的残酷法则。

虽然本书的目标读者是儿童，希望他们能够获得生动有趣的动物知识，但是成人也可以通过阅读本书拓宽自己的视野，获得对生活和工作的一些新的启示。

目 录
CONTENTS

捣蛋鬼——红松鼠米科

在印第安，有一个关于红松鼠米科的古怪传说，米利塞特人称红松鼠米科为捣蛋鬼，这是对他[①]性格名副其实的评价。有一天，我们发现米科嘴里叼着刚出壳不久的一窝雏鸟从啄木鸟洞里出来，面带得意的神色，这时辛莫告诉了我关于米科的轶事。

很久以前，克洛特·斯卡普[②]统治动物世界的时候，红松鼠米科的体形比现在大得多，和黑熊穆文不相上下。但是，他的脾气非常暴躁，性情非常恶劣，让树林里的居民为之闻风丧胆。红松鼠像嗜血的黄鼠狼一样到处滥杀无辜。所以，为了拯救树林里的弱小居民，克洛特·斯卡普把米科变小了——就像现在这么小。不幸的是，克洛特·斯卡普忘记了红松鼠米科的性情，他的性情仍跟从前一样暴躁、恶劣。所以，现在身材瘦小、脾气暴躁的红

---

① 编者注：作者认为动物也是有感情的，从而在作品中进行拟人化描写，因此书中有雌、雄两性的动物大都以第三人称代词"他""她"指代。

② 北欧神话中的恶毒松鼠。

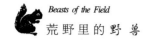

松鼠米科在树林里到处横冲直撞、狂叫不止、肆意谩骂和争吵，而且，因为他不能再像以前那样为了泄愤进行大肆破坏了，所以他就煽动其他动物互相残杀。

当你听过红松鼠米科的谩骂，看过他逐窝驱赶一群无辜的雏鸟，或者潜入他的堂兄——美丽的灰松鼠——的巢穴，杀死幼鼠；或者赶走他的小表弟花栗鼠并去偷他囤的坚果，或者一脸坏笑地旁观树林里发生的每一场打斗，那么你就会相信印第安的传说了。然而，尽管他行事方式可疑，但他很有趣，而且总会出乎人的意料。当看到一只红松鼠整个夏天都生活在你的营地附近，从你手里取食，跟你共享生活，你认为对他的一切都了如指掌了，但这时他却表现出非常奇怪的行为，无论是好是坏，都会颠覆你对他之前的评价，使自己对关于他的印第安传说疑虑重重。

我记得有一只红松鼠向我打过招呼，当时我在一条野外的河流上划着独木舟准备靠岸，他是我在大树林里见到的第一只活物。红松鼠米科听到我来了，就在桨尖上方的大云杉中狂叫，声音非常嘹亮。当我们调头靠岸时，他飞快地爬下了大树，爬到一根倒在地上的木头上来迎接我们。我抓住一根旧木头的树枝，稳住独木舟，好奇地打量着他。他以前从未见过人类，所以他狂叫不止，肆意嘲笑、谩骂，甩尾巴，吹口哨，想方设法激怒我。

突然，他异常兴奋——当红松鼠米科兴奋的时候，树林简直容纳不了他了。他一步步靠近我的独木舟，然后跳上船舷，坐在那里叽叽喳喳地叫着，就好像他是阿吉达莫①归来，而我是海华

---

① 阿吉达莫是《海华沙之歌》里一只松鼠的名字。

沙 ①。但此时他的话锋一转，嘲笑、谩骂和好奇，消失得无影无踪，似乎别的东西悄然而至，他在喋喋不休地说着松鼠语。我似乎觉得他想让我明白某件事情，但却发现我在这件事上愚钝无比。

我轻柔地对他说，他是个捣蛋鬼、捣乱分子。刚开始他好奇地听着声音，然后就跳上原木，一直跑到原木的尽头，接着跳下来，开始在苔藓和枯叶中疯狂地挖着。每隔一两分钟，他就会停下来，跳到原木上，看看我是否在看着他。

不久，他跑到我的独木舟旁，跳上船舷，又跳了回去，接着像之前一样沿着木头跑到他一直在挖掘的地方。他又重复了一次刚才的行为，而且一边回头看着我，明显在说："过来，过来看看。"我从独木舟走到那块老木头上，红松鼠米科随之兴奋不已，叽叽、喳喳、叽叽、喳喳、叽叽、喳喳地叫着。因为我的体形比他想象的要高大，但我只有两条腿。

我站在原地，等他从兴奋中恢复过来。然后他向我走来，一边引领着我沿着木头走到他一直在挖的树叶下的洞口边，一边咯咯地笑着，叽里咕噜地说着。当我弯下腰来时，他跳到一棵云杉的树干上，与我的头部齐平，兴奋无比，饶有兴味地看着我。我在洞里发现了一只小蜥蜴，这是一种罕见的蜥蜴，生活在原木下面，喜欢昏暗的环境。他背部已被咬伤，浑身瘫痪不能动了，但他仍然可以微微地伸伸腿、摆摆尾巴、甩甩头，但却无法逃跑。当我抓起他，把他捧在手中时，红松鼠米科非常好奇地走近了我，想要跳到我的手上，并且声明那是属于他自己的东西，但由于恐

---

① 海华沙是《海华沙之歌》里的主人公，他是 15 世纪北美印第安人部落传说中的民族英雄，具有神奇的力量。

惧而退缩了。——"这是什么？""他是我的；是我找到他的。这是什么？"他大叫着跳来跳去，好像被施了魔法似的。蜥蜴和人类这两种事物引起了他强烈的好奇心。我从未见过这么兴奋的松鼠。显然，他是偶然发现的这只蜥蜴，他咬了蜥蜴一口，让他无法活动，然后，因为对这一罕见的发现感到惊奇，所以他把他藏到了可以挖出来的地方，有空的时候可以尽情观赏。

我把蜥蜴放回洞里，用树叶盖住他；然后返回独木舟上往下卸东西。红松鼠米科目不转睛地看着我。我刚一离开，红松鼠米科就挖开树叶，取出了他的宝贝，睁大明亮的眼睛打量着他，又咬了他一口，让蜥蜴不再乱动，然后又小心翼翼地把他盖起来。然后，红松鼠米科咯咯地笑着来到我搭帐篷的地方。一个星期内，他就占领了这个营地，想来就来，想走就走；当我忘记给他投食时，他就偷走我的食物，只要有违反常规的事情，他都会狠狠地责骂我。他喜欢早起，所以坚持让我也早起。每天早晨天一亮，他都会从冷杉树尖上跳到帐篷横梁上，坐在那里，大声地叫着，吹着口哨，直到我把头探出帐篷外，或者直到辛莫拿着斧头走过来。

辛莫和他的斧头让红松鼠米科胆战心惊，这让我迷惑不解，直到有一天，我静静地划着独木舟返回营地，我没有下船，而是坐在上面慵懒地盯着那个印第安人，他摔破了自己的一根烟斗，此刻正坐在那里用一大截黑桤木和一段老灌木做另一根烟斗。在我看来，辛莫的行为方式跟其他任何一个树林居民一样有趣。

不一会儿，红松鼠米科跳了下来，他看到这个印第安人这么安静，这么忙碌，他好奇地喋喋不休。红松鼠喜欢刨根问底，否则就开心不起来。他在最近的树上观察了一会儿，但还是拿不定主意那个印第安人到底在干什么。然后，他跳到地上，一步一步往前靠近，一边不停地上下原地跳动，一边叫着让辛莫转过头来，摊开手。辛莫顺着眼角瞟去，这时红松鼠米科在营地中间的一棵仅有的大树旁，于是辛莫突然跳起来，向红松鼠米科猛扑过去，红松鼠米科立刻跳到了树上，跑到一根伸手不可及的树枝上，开心地吱吱叫着。

辛莫故意拿起斧子，在树下猛挥，好像要把红松鼠米科砍下来一样，但他只是用斧头击中了树干，并没有用斧刃。第一次击打让红松鼠米科感到脚趾发颤，所以他不再嘲笑，跑到更高的地方。辛莫再次挥动斧子，红松鼠米科继续往上跳动。辛莫继续挥动斧子，并抬头仔细观察会产生什么效果，每一次击打之后，红松鼠米科都会跑得更高，直到树顶。突然，辛莫猛地一击，松鼠纵身一跃，跳到了六十英尺①下的地面上；接着，他爬起身，虽然他并没有受伤，但是他立刻破口大骂。见到这种情景，辛莫像黑熊一样欢呼："胜利！"接着又回去做烟斗了。在这场闹剧中，他一直不苟言笑。

后来我发现让红松鼠米科从树顶上跳下来是印第安孩子们屈指可数的一种娱乐方式。我自己也曾跟很多松鼠尝试过这种游戏。我惊讶地发现，无论从多高的地方跳下来，对一只红色或灰色的松鼠来说都是无关紧要的。他们有一种方法，那就是将整个身体和尾巴自然展开，从而缓冲他们的下落冲击力。他们的身体，尤其是他们浓密的尾巴，在下落时会奇怪地颤动，就像翅膀的颤动

---

① 英美制长度单位，1 英尺约等于 0.3 米。

一样。跃起的松鼠能从树顶向下跳到五十英尺以外的另一棵树上，这并不是在夸大其词，这缘于连接他前后腿的薄膜，以及松鼠不断练习的结果。我曾看到一只红松鼠从极高的地方一跃而下，接着翩然落地，然后若无其事地跑开了。尽管我经常对松鼠进行观察，但我在正常情况下从未见过松鼠的这种行为，只有在他迫不得已的情况下，例如，当被黄鼠狼或貂追赶时，或者当斧头击打下面的树干时——要么是因为震动弄疼了他们的脚，要么是因为他们害怕树被砍倒，这时他们才会使用这种奇特的天赋来拯救自己的生命。虽然我见过他们在树枝间跳来跳去，做各种各样的冒险动作，但我认为这种经历肯定胆战心惊，他们绝不会因为好玩才去尝试的。

浣熊也是一种又大又重的动物，当他从高处跳下来时，他是否也会同样减缓下落的冲击呢？这将是一次有趣的探讨。一个月光明亮的夜晚，我带着一群狗正跑着，突然看到一只大浣熊从一棵树上跳到了地上，大约有三四十英尺远。狗们把他逼到了一棵常青树上，而狗们则在树下嚎叫。浣熊悄悄地从一根树枝爬到了另一根树枝，一直爬到很远的地方，而且为了节省时间，他跳到了地上，结果狠狠地摔了一跤；但他还是像以前一样迅速地毫发无伤地往前跑，狗们追了很长一段路，才将他团团围住。

浣熊的脚底有脂肪和软骨的保护，所以他会像一个弹簧圈一样触地，这有助于他进行头晕目眩的跳跃；但我怀疑他也懂得松鼠的技巧，即把身体和尾巴自由伸展，以便轻轻落下。

花栗鼠似乎是松鼠家族中唯一不擅长这种技能的种类。如果有需要的话，他可能也会具有这种技能。但是，我想，如果花栗鼠被迫无奈地从云杉顶上跳下来，那么他必定会体无完肤。因为花栗鼠长期生活在地面上，他的身体很重，尾巴很短。所有这些似乎都表明，松鼠的浓密尾巴不是为了装饰，而是为了帮助他从一根树枝跳到另一根树枝上，并在他从高处坠落时减缓冲击力。

为了跟红松鼠米科进行对比，你可以在花栗鼠身上尝试一个奇怪的把戏。要让他爬到树上绝非易事，因为受惊时，他更喜欢爬到原木或破旧的围墙上，而且他从窝里跳出来的次数顶多有两三次。但是，当他从他的储藏室走到橡子林，或者走到冬天玉米成熟的田地时，一定要留意。请待在他必经之路的附近（他总是沿着同一条路来来回回），而且那里周围没有任何遮蔽。然后，当他出现时，你突然向他冲过去，他会惊慌失措地爬到最近的一棵树上。当他从恐惧中恢复过来后——恐惧很快就消失了，他会饶有兴趣地低头看着你，从不会质疑你的动机——拿起一根棍子，开始轻轻地敲打那棵树，因为他是最容易相信别人的松鼠。你的敲击越慢、越有节奏，他就越快被迷住。不一会儿，他越靠越近，而且他的眼睛里尽是惊奇。我不止一次让一只花栗鼠爬到我的手上休息，他到处寻找驱使自己从树上爬下来的奇怪声音，强烈的好奇心让他忘记了恐惧、玉米地和即将到来的冬天。

红松鼠米科是松鼠中的异类。他不会完全信任任何人，他的好奇心通常是庸俗而自私的。秋天的树林里一片繁忙的景象，到

处是扇动着的翅膀，跳来跳去的小脚，动物们忙着寻找过冬的储备。想起去年冬天挨饿的日子，红松鼠米科也开始囤粮。然而，相比自己的储藏室，他总是更好奇别人在做什么。因为他生性多疑，所以大多数情况下，他不会只建造一个储藏室，而是把他的东西藏在二十个不同的地方，例如，把山核桃藏在断壁残垣中；在空心树洞里藏一把橡子；在旧谷仓屋檐下藏一穗玉米；在树上散落着一品脱[①]的栗子，有些撒在树皮的缝隙里，有些撒在松树的树杈上，然后再在上面小心翼翼地覆盖上松针，其中有一两根松针牢牢地插在一根不太显眼的断枝上。但他从不会一次收集太多食物，因为当他看到其他动物觅食时，他就忘记了自己的工作，而去侦察别人把食物藏在哪里。这只小花栗鼠了解红松鼠米科的偷盗行为和花招，所以他总是在通往巢穴的通道里制造至少一个弯道，这样通道就会变狭窄，那么红松鼠米科就追踪不上了。

红松鼠米科看到一只蓝松鸦迪埃阿斯克在树林里飞来飞去，这只松鸦一反常态，一声也不响，于是红松鼠米科知道松鸦是在藏东西，所以他偷偷地紧跟在松鸦迪埃阿斯克后面，一声不吭，从一棵树跳到另一棵树；如果有需要的话，他会一直观察几个小时，直到他知道松鸦迪埃阿斯克在哪块地里采集的玉米。然后，他像猎蜂人一样注视着松鸦迪埃阿斯克的飞行方向，并目送他在树林边缘的一棵橡树旁消失得无踪无影；接着红松鼠米科急忙跑开，躲在一棵橡树里。在那里，他能看到松鸦已经飞到树林里更远一点的地方，并且目送着这个毫无察觉的小偷消失在一棵老松

① 容积单位，主要在英国、美国和爱尔兰等国使用，1 英制品脱约等于 568 毫升，1 美制湿量品脱约等于 473 毫升，1 美制干量品脱约等于 550 毫升。

树后面。红松鼠米科就躲在那棵松树里，这样他就能追踪到这只松鸦的一个储藏室。

有时，红松鼠米科对这一发现感到洋洋得意，因为遍地都是食物，他迫不及待地想要过冬了。当松鸦离开时，红松鼠米科就开始敞开肚皮大吃一顿，或者搬走松鸦的储藏。大多数情况下，他会在现场做标记，然后悄无声息地离开。当他饿的时候，他会先把松鸦迪埃阿斯克的玉米拿走，然后再吃自己的玉米。

有一次，我看到了有趣的一幕。松鸦迪埃阿斯克和红松鼠米科一样喜欢偷鸡摸狗，卑鄙地入室抢劫。红松鼠米科发现了一堆栗子，虽然它们个头不大，但香甜可口，于是他就把栗子藏了起来。红松鼠米科把一部分藏在一根断枝处腐乱形成的树洞里，树洞离地面约二十英尺高，而且靠近采集地，没有人会想到去那里寻找。我看着红松鼠米科回到了栗子树上，这时一只蓝松鸦偷偷地爬到树上，四处张望，好像附近有一窝刚孵出的画眉鸟的蛋一样。显然，经过片刻侦察，他闻到了松鼠的气味，于是他躲在树梢上，倚着一根树干。不久，红松鼠米科回来了，他的脸鼓得像牙痛肿大一样，他打开了自己的储藏室，从嘴里吐出五六个栗子，又把储藏室盖了起来。

红松鼠米科一走，蓝松鸦就径直飞到了他的储藏室，叼起一口栗子，飞快地飞走了。在红松鼠米科回来之前，蓝松鸦共取了三次栗子。匆忙的红松鼠米科从未注意到损失，只是放下栗子，然后再赶往栗子树。当红松鼠米科回来的时候，那只松鸦因为慌乱中弄乱了遮住储藏室的树叶，红松鼠米科注意到凌乱的树叶，立刻就产生了怀疑。他猛地掀开树叶，站在那里目不转睛地盯着

红松鼠米科大肆威胁和谩骂面前的松鸦

储藏室，显然是在核对栗子的数量。接着，他就开始破口大骂，这时远处树林里传来蓝松鸦的叫声，然后骂声戛然而止。红松鼠米科匆忙盖上他的储藏室，沿着一根树枝跑去，跳到下一棵树上，他藏在一个节疤洞里，只露出他的眼睛，在黑暗中敏锐地观察着他的储藏室。

红松鼠米科没有耐心。有三四次他都急不可耐了。对我来说，幸运的是，这只松鸦兴奋地忙碌得不可开交。就在红松鼠米科决定要多观察一会的时候，一道蓝色身影一闪，松鸦又偷偷地回来了。松鸦东张西望、左听右听了一会之后，就飞到了红松鼠米科的储藏室，而红松鼠米科一看到小偷就忍不住跳了出来，沿着树枝跑了过去，呵斥、责骂着面前的松鸦。那只松鸦扇动着翅膀，尖叫着奚落红松鼠米科。红松鼠米科紧随其后，嘴里骂声不停，但他很快就放弃了追逐，回到了他的栗子旁。奇怪的是，他一动不动地坐在那里，全神贯注地盯着他的财宝，似乎在计算他的损失。然后，他把嘴巴塞满，开始把他的储藏品带到另一个藏匿之处。

秋天的树林里到处上演着这样的趣事。松鸦、乌鸦和松鼠都在藏匿过冬的食物，无论食物多么丰富，他们都抵挡不住偷盗或闯入别人储藏室的诱惑。红松鼠米科不擅长储藏食物；冬天，他宁愿靠花蕾、树皮、苹果籽和冷杉球果为食，或偷盗别人的食物，也不愿为自己的储备而去烦神。春天一到，他就外出觅食，成为最恶毒的入室抢劫者。树林里的鸟儿都对他恨之入骨，无论他走到哪里，都会有人对他指指点点，骂他强盗！强盗！

有一次，在一条鳟鱼溪上，我和红松鼠米科不期而遇。还是

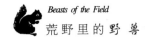

早春时节，我外出钓鱼，而所有的野生动物都还没有开始活动。在小溪边，红松鼠米科用牙齿啃咬着一棵枫树，品尝着甘甜的稀少树液。看到他，我想起了自己的童年，我在一棵黑桦树的树皮上挖了一个小洞，当洞里聚满了树液后，我就兴高采烈地喝了下去。红松鼠米科停止吮吸，抬头看着我，然后冲我厉声责骂。

当我的杯子又满了的时候，我走到小溪边，从泡沫欢快翻腾的一根原木下面的巢穴里取出一条机警的老鳟鱼。当我回到原地，想再喝一杯甘甜的树液时，却发现红松鼠米科已经把杯子里的树液喝光了，他正把鼻子伸进了我的杯底，因为他对能溢出大量液体的杯底感到吃惊。当我静静地离开时，他跟着我穿过树林来到草地边的池塘，看我接下来要干什么。

在荒野中，无论你走到哪里，你都会发现红松鼠米科总是抢先一步，所有最好的露营地都被他抢占了。在岛上，他似乎拥有最美丽的风景，即使你的陪伴分摊了他的孤独，让他喜形于色，他也会强烈反对你在那里逗留。

有一次，我发现红松鼠米科独自住在荒野湖中的一个小岛上，除了他的敌人—— 一个水貂家族之外，没有任何同伴。他可能是在晚春时节踏冰而去，但是当他忙着四处探险时，冰块融化了，切断了他返回陆地的退路，而且距离遥远，所以他无法游回去。整个漫长的夏天里，他一直被囚禁在小岛上，所以他很高兴地欢迎我与他分享他的流放经历。他是我见过的唯一一只不是每天冲我喊叫一次的红松鼠。他的独处让他变得非常温顺。大部分时间里，他都住在我帐篷的门前。即使辛莫的斧头让他从云杉顶上跳下了两次，他也不曾远离。让他兴奋的方式有很多，每当他在树林里大叫时，我知道他只是喊我去看他的发现———一个新的巢穴，一只近距离游动的潜鸟，一只偷盗的麝鼠，一只停在枯枝上的鹰，吃我剩下的鱼头的水貂一家，当我蹑手蹑脚去看个究竟时，他会跑在前面，因为有人和他分享他的趣事，所以他兴奋地边叫边笑。

在这些地方，松鼠偶尔会利用冰漂到大陆上。有时，当水面平静时，他们也会游过去。猎人告诉我，当微风习习时，他们会利用漂浮的木头做船，自己笔直地坐着，尾巴向背部蜷起，用自己的身体做船帆，就像一个不懂航海的印第安人，在独木舟的船头放一棵云杉，借助风力航行。

看到红松鼠米科驾驶他的船将是一辈子难得一见的景象，但我毫不怀疑它的真实性。我仅见过一次一只偶然掉进水里的红松鼠。他迅速游到了一块漂浮的木板上，抖了抖身子，尾巴向背部蜷起，坐在那里，开始拭干身上的水。过了一会儿，他看到微风让自己离岸边越来越远。他开始生气地叽叽喳喳地叫着，而且换了两三次姿势，显然是想要利用风向，但是发现没用，所以他又跳进水里，轻松地向陆地游去。

他不顾敌人、饥饿和冬天的严寒，在荒野中茁壮成长，这源于他的智慧。他从不冬眠，除非在暴风雪来临时，他一连几天都蜷曲在自己的巢穴里。虽然鹰、猫头鹰、黄鼠狼和貂不断地对他进行猎捕，但他仍能在树林里拥有一席之地。如果树林里没有了他偶尔微不足道的责骂声，那么树林的魅力就会逊色几分。

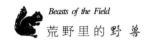

与大多数野生动物一样，生活在文明世界中的松鼠比他们的野外同胞们聪明得多。我认识的最有趣的一只松鼠住在新英格兰大学城我宿舍窗外的树上。他是一个大家庭的族长，是其中最大的小偷和无赖。就他的家庭而言，据我所知，松鼠的家庭生活微乎其微。每只松鼠都在成年后独立生活，不分青红皂白地就去偷别人的东西。

正是在观察这些松鼠的时候，我第一次发现他们在树林中有规则的路径，就像我们人类的公路一样。不仅每只松鼠都有自己的私人通道，而且所有的松鼠都沿着树枝遵循一定的路线，从一棵树跳到另一棵树；就连偶然闯入树林的陌生松鼠也会沿着这些路线行走，好像他们天生就习惯了一样。

最近一次去旧宿舍看了一会儿松鼠，结合我十年前观察过他们的一条通道，我发现他们行走的路线完全一样——从一棵大橡树的树干跳到某个大树干，再沿着一根树枝到某个拐弯处，然后跳到一根菩提树的小枝上，等等。然而，这条路线并不是两点之间最短的路线，他们可能会使用上百条路线。

一天早上，我很幸运地看到族长红松鼠米科为自己开辟了一条其他人都没有走过的新通道。在通道的上方他有一个巢穴，在一棵空心菩提树上还有一个橡子的藏匿之处。在两者之间是一条通道，但是树枝从两边拱起，他无法跳跃过去。他好像下定决心要去尝试，于是一次又一次地冲了出去，但均以失败而告终，所以他不得不爬下橡树树干，穿过地面上的通道，可在那里有无数条游荡的狗随时准备追赶他。

一天早上，我看见他连续跑了两次想要跳出去，但结果却跑了回来。空气清新宜人，他似乎找到了灵感。他往后退了一步，然后沿着橡树枝冲了出去，还没来得及害怕，就纵身越过了那个间隙。他正好落在一根枫树枝上，还多跳了几英寸[1]距离，他用爪子和牙齿将自己挂在那里，洋洋自得地上下摆动。然后，他自言自语着跑下了枫树，穿过通道返回原处。他又连续跳了三次，以确保自己能跳过去。

从那以后，他经常跳过那个间隙。但我注意到，每当树枝被雨或雨夹雪打湿时，他就不跳了，而且他从来没有尝试过往回跳，因为往回跳是上坡路，他似乎本能地知道自己跳不过去。

在寒冷的冬天，当我开始给他投食时，他向我展示了自己生活中的许多趣事。起初，我把一些坚果放在一口旧井的顶部附近，秋天他常把东西藏在那里的石头中间。他把所有的东西都吃光以后，就会来搜寻石头中间的缝隙，看看他是否有遗漏。一天早上，当他发现几个核桃时，他惊讶不已。他首先想到的是，在这些饥饿的日子里，他却把核桃忘得一干二净。他很快就吃掉了眼前储藏室里个头最大的核桃，这是我以前从未见过一只松鼠能做这样的事情。他的第二个念头——我可以从他转变的态度、突然的攀爬和躲藏中看出，就是自从他上次来过之后，是别的松鼠把核桃

---

① 英美制长度单位，1英寸约等于2.5厘米。

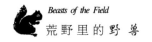

藏在了那里。于是他把核桃都取了出来，把它们藏在一根折断的菩提树枝里。

然后我把花生扔给他，刚开始扔得很远，然后越扔越近，直到他跳到我的窗台上。一天早上我醒来时，他正坐在那里透过窗户往里看，等我起床给他送早餐。

在一个星期内，他向我展示了他所有的藏身之处。其中最有趣的是附近的一栋建筑里带屋顶的广场上方。他在屋檐下啃了一个洞，而且那里不会引起别人的注意。暴风雪来临时，他就可以独自住在一个 32 英尺高的防雨洞穴里。在洞穴的一个角落里有很多玉米棒，其中一些已经有两三年之久了，是他在初秋的早晨从附近的一块玉米地里偷来的。他索性啃起了玉米，因为还有很多玉米等着去收。结果，二月还没过一半，他就饿了。就这样，他就像荒野的同胞一样靠聪明才智生活着。

其他的松鼠很快注意到米科来到我的窗前，随即他们也纷至沓来。尽管红松鼠米科怒气冲冲地把他们赶走，但是他们还是千方百计地绕过了他。最有趣的是，当他坐在窗台上吃花生时，看到另一只松鼠的鼻子和眼睛从最近的一棵树的树杈处窥视着，从他的藏身处注视着事态的发展。然后，我立刻给了红松鼠米科五六颗花生。隐藏的本能驱使着红松鼠米科迅速离开，而且尽可能多地带走他的储藏食物。红松鼠米科刚离开，那只松鼠就从自己的藏身处跑了出来，把剩下的花生都带走了。

红松鼠米科回来时大发雷霆，样子非常滑稽可笑。

在印第安传说中松鼠是大自然的福音。如果红松鼠米科突然返回，并抓住了其中一个入侵者，总会有一场激烈的追逐、一大通的责骂和松鼠的叽叽喳喳，然后他才会恢复平静，享用花生。

有一次，当红松鼠米科把十几颗花生藏在菩提树的折枝里时，一只极小的松鼠沿着树枝爬行的途中，发现了这个储藏室。刹那间，这只小松鼠立刻警觉起来，东张西望、侧耳倾听、四处探寻，直到完全确定是安全的，他才含着满嘴的花生迅速离开了。

那天那只小松鼠没有再回来；但第二天一早，我看到他又回来取坚果了。大约一小时后，红松鼠米科出现了，他在窗台上没有找到任何东西，于是就走到菩提树跟前，却发现他昨天储藏的花生仅剩下了一半。奇怪的是，他一开始并没有怀疑坚果被偷了，因为红松鼠米科总是确信没有人知道他的秘密。于是，他上上下下搜遍了整棵树，接着去了其他藏匿的地方，又返回来数了数花生，然后又搜遍了树下的地面；毫无疑问，他肯定以为一定是风把花生吹走了。接下来，他才享用剩下的花生。

慢慢地，他才意识到自己的花生被偷了，于是勃然大怒。但是他没有把剩下的花生带到另一个地方，也没有吃到肚子里，而是把它们留在原来的地方，然后他躲在附近观察。为了观察事态的发展，我错过了一次哲学讲座，但什么也没有发生。红松鼠米科的耐心很快就消失殆尽了，或者是他已经饥肠辘辘了，因为他仅吃了两三颗为数不多的花生，所以他自言自语地责骂着。但是，他还是把剩余的花生小心翼翼地留在了原地。

那天，有两三次我看见他鬼鬼祟祟地四处溜达，一直盯着那棵菩提树；但是小偷也在密切观察着，而且成功躲避了抓捕。

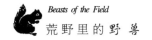

第二天一早，窗外传来一阵喧闹声，我一跃而起去看个究竟。当小毛贼回来作案时，大毛贼当场将其抓获。他们沿着菩提树的一根树枝，穿过两棵枫树，穿过一条通道，爬上了一棵大榆树，接着小毛贼飞快地窜进了一个节疤洞里，消失得无影无踪。

紧跟其后的大毛贼，喋喋不休地破口大骂；但节疤洞太小了，他钻不进去。尽管他扭来扭去，转来转去、挤来挤去，但还是进不去，那个小毛贼坐在洞里不怀好意地嘲笑着。

过了一会儿，红松鼠米科放弃了，强忍着愤怒离开了。在离树十英尺远的地方，他突然灵机一动。他嗖的一声冲了出去，接着又蹑手蹑脚地回来了，然后藏在屋檐下，在那里他可以看到节疤洞。

不一会儿，小毛贼走了出来，揉了揉眼睛，四处张望着。透过玻璃，我可以看到红松鼠米科在黑暗的屋檐下眨着眼，浑身颤抖着，试图控制自己的愤怒。小毛贼冒险来到离他的避难所几英尺远的一根树枝上，终于大毛贼忍无可忍，冲了出去，在他面前发出一连串可怕的威胁。转眼间，小毛贼又窜回了他的节疤洞里，有趣的游戏又重新上演了。

我从未看到游戏是如何结束的；但是连续一两天，我的窗外上演着不同寻常的追逐和责骂。

这只大松鼠第一次向我展示了奇特的躲藏技巧。每当他在我的窗台上发现几个坚果时，就会怀疑其他松鼠在觊觎他的赏赐，他总能很快地把坚果都藏起来，但他决不会把坚果直接带到他的各个储藏室里：一是因为这些储藏室距离太远了，其他松鼠会趁他不在的时候去偷盗；二是因为饥饿的眼睛在四处搜寻，他们可能会跟踪着他，并发现他惯常的储藏室。所以他常常把坚果都藏在地面上，例如，秋天的树叶下，冬天的冰雪下，以及窗台的视野内，这样他匆匆忙忙来回活动的时候，就可以从窗台处看到自己的储藏室。然后，在闲暇的时候，他会把坚果挖出来，每次双颊塞得鼓鼓的，将它们带回他自己的巢穴。

每个坚果被单独藏匿在一个地方，他从不会将两个坚果藏在同一个地方。当他把一个坚果藏在雪地里时，他会在四面八方留下纵横交错的痕迹，这样就不会有人注意到他一直在挖掘的地方。很长一段时间里，我都不知道他是如何记住这么多地方的。刚开始，我注意到，他总是带着坚果来到某一个地方——一棵树或一块石头。当坚果被藏好以后，他会沿着最短的路线回到窗台；但是，只要获得了新的食物，他总是先到达他事先选定的那棵树或那块石头上，在那里寻找一个新的藏匿之处。

很多天后，我才注意到，他通常从一个固定点开始，朝着远处的一棵树或一块岩石前进。这样，他的秘密就泄露了，原来他把东西沿着一条线进行藏匿。第二天他会回来，从他的固定点开始，慢慢地向远处的那个点移动，直到他的鼻子告诉他脚下就有一颗花生，于是他就把它挖出来吃掉，或者把它带回他的巢穴。但他似乎总是对自己不信任，在饥饿的日子里，他会沿着他的线路反复搜寻两三次，希望能找到一口他遗漏的食物。

只有在有大量物资需要迅速处理时，他才使用这种藏匿方法，而且并非总是如此。红松鼠米科是个粗心大意的家伙，很快就会忘记藏匿地点。当我只给他几颗坚果的时候，他就仓促地把它们藏在树叶里，事后就会抛到九霄云外；但在饥肠辘辘的时候偶然

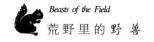
发现了它们，他就会感到格外欣喜，就像我曾经看到的一个自娱自乐的孩子一样——他把自己的硬币扔在地上，接着绕着房子转一圈，然后双手插在口袋里慢悠悠地往回走，突然他看到了那枚硬币，他就像在马路上捡到了宝藏一样，突然扑了上去。

红松鼠米科的结局很悲惨，但这也是他罪有应得，然而我还是对他心有怜悯。春天来了，他又走上了邪恶之路。这时，嫩叶刚刚萌发出来，汁液香甜可口；春雨飘落，冲刷出大橡树下缝隙中的大量橡子；角落的窗台上仍放着新烤制的花生，从菩提树枝上很容易就能触及。但红松鼠米科却开始观察知更鸟，看看他们在哪里筑巢，当幼鸟出壳后，他就不再到我的窗前了。我曾两次看到他嘴里叼着雏鸟；所以后来的日子里，只要我从书房里看到他接近将要破壳的知更鸟蛋，我就把他赶走。

对红松鼠米科发出警告就足够了。整个冬天，一些学生都对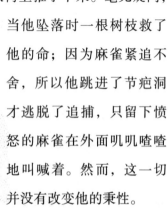他很友好，但有一次，当红松鼠米科入穴偷盗的时候，他们用石头把他从树上打了下来；还有一次，麻雀在高屋檐下的巢穴里抓住了他，而且马上就把他从树上推了下来。毫无疑问，当他坠落时一根树枝救了他的命；因为麻雀紧追不舍，所以他跳进了节疤洞才逃脱了追捕，只留下愤怒的麻雀在外面叽叽喳喳地叫喊着。然而，这一切并没有改变他的秉性。

一天早晨，天亮时，窗外传来知更鸟的大声吵闹，于是我走到窗前。红松鼠米科正沿着一根树枝狂奔，嘴里叼着出壳的第一只雏鸟，五六只知更鸟紧随其后，雏鸟爸爸妈妈的高声警告使雏鸟得到了营救。他们怒气冲冲、心急如焚，一边高喊着"强盗！强盗！"一边像鹰一样向红松鼠米科猛扑过去。他们的叫声很快就引来了几十只其他鸟类，有些鸟在观望，有些鸟也参与了追捕。

红松鼠米科扔下雏鸟，朝他自己的巢穴跑去；但是一只知更鸟不顾一切地朝他的脸部撞去，把他从树上撞了下来，这让鸟儿们异常兴奋。这个偷盗的食鸟者并非无懈可击。在红松鼠米科到达最近的树之前，有十几只鸟从地面上向他冲去，并在他身上啄来啄去。

他又一次冲向了自己的巢穴，但现在无论他转向哪里，愤怒的翅膀都在他身上拍打着，嘴巴在他脸上戳来戳去。他又愤怒又害怕，爬起来恶狠狠地咆哮着。一只知更鸟一跃而下，击中了松鼠的耳朵底下，将他撞翻到地面上了。

对红松鼠米科来说，境况越来越糟糕。鸟儿们的胆子越来越大，也越来越愤怒了。当他开始爬树的时候，在到达一个树杈之前又遭到了两次撞击，然后倒在了树杈上。他背靠着一根大树枝，那里很安全，因为鸟儿们无法从背后攻击他。但是面前愤怒的喧闹声让他胆战心惊，他又开始向避难所挪动，但是此时他的脚步摇摇晃晃，他已被打得头晕目眩。他还没走到树枝的一半距离，就又倒在地上，接着十几只鸟俯冲过来啄他。

他竭尽全力狠狠地向敌人猛扑过去，并向菩提树冲过去。我的窗户开着，他沿着冬天常常轻快地跳过的树枝向窗户奔去。鸟

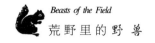

儿们在他上方叫喊着。因为对入穴抢劫犯怒不可遏，所以鸟儿们把对我的一切恐惧都抛诸脑后。

在途中，他又受到十几次的击打，但每次他都用爪子和牙齿紧紧抓住了树枝，然后顽强地蹒跚前行，没有进行任何抵抗。此时，他一门心思想要跳到窗台上去。

在他经常起跳的地方，他停了下来，开始摇晃着身子，试图为跳跃调动力量。他知道这非常冒险，但这是他最后的希望。他一起跳，一只知更鸟便向他的脸扑去，另一只鸟在半空中从侧面给了他一击，接着他重重地摔在下面的石头上。胜利！知更鸟们欢呼道。当我跑下台阶去时，鸟儿们迅速一哄而散，但是一切都为时已晚，红松鼠米科没有生还的可能了，过了一会儿，他死在了我手里。在弥留之际，奇怪的是他恶狠狠地咬着我的手指。红松鼠米科是唯一一只知道沿着直线藏匿食物的松鼠；从他去世那一天起，再也没有松鼠越过车道从橡树跳到枫树上了。

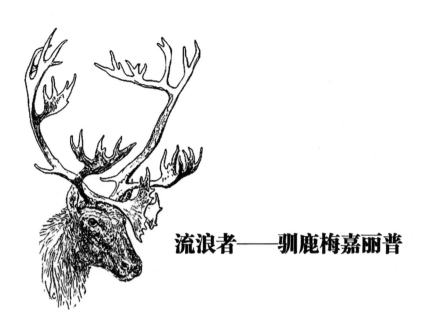

流浪者——驯鹿梅嘉丽普

梅嘉丽普是北部荒野树林地区的大型驯鹿。他的名字意味着流浪者，但应该还意味着神秘和多变。如果你听说过他非常勇敢、无所畏惧，这是真实可靠的；如果当你得知他羞羞答答、小心谨慎、不易接近，那也是确凿无疑的。因为他每天都会有不同的表现，既害羞又大胆，既孤僻又合群：他像一朵云一样飘摇不定，尽管有狼群和猎人出没，但他仍然固守在自己的觅食地，除非他自愿离去；他既像乌鸦卡卡戈斯一样狂野，但又像蓝松鸦一样好奇，他是鹿群中最有魅力，但最默默无闻的存在。

一直以来，据所听说以及所读到的，我得知梅嘉丽普是一种笨手笨脚的动物，但从见到他的第一眼起，他就让我刻骨铭心，颠覆了以前对他的印象。那是在新不伦瑞克荒野的广袤荒地上。有一天，我正跟随着一群驯鹿的足迹前行，空气清新而寒冷，远方传来一种奇怪的咔嗒声，响彻了整片雪地。我跑到前面的一片树林里，这片树林将我的视线从一片五英里 ① 长的荒原上移开，我吃惊地屏住呼吸，然后走到一棵低矮的云杉后面寻求掩护。在荒原的远处，一大群驯鹿像一列高速列车一样直奔我而来。起初，我只能辨认出一大团雾气，就像是打旋的飞雪，到处都是宽鹿角在愤怒地抖动，还有黑色口鼻在闪现。他们的蹄声响亮，而且越来越近；他们来势汹汹、气势高涨、异常兴奋，让人想高声呼喊、挥舞帽子。此时，通过迎风而下的雾气我辨认出了一只只的驯鹿。他们步履矫健，像小马驹一样悠闲地左右摇摆，每一步都雄健浑厚、优雅大方。他们高昂着头，口鼻向上，鹿角倚靠在强壮的肩膀上。他们的鼻孔随着身体的跳动喷出热气；因为那时温度是零下二十摄氏度，所以喷出来的热气啪啪地凝结成了冰。他们身后卷起了一团雪，鹿角像光秃秃的橡树枝一样在风中摇曳，他们的蹄声就像铿锵有力的响板发出的咔嗒声。——我想到了："噢，雪橇和铃铛！"但是圣诞老人从来没有这样的队伍。

然后，他们风驰电掣般、大摇大摆地径直来到我藏身的地方，我紧张得像一名冲锋陷阵的骑兵一样，我大喊一声跳了起来，并挥动着帽子；因为，营地里的肉够多了，所以我不太想进行猎杀，但也不想站在近距离内被撞倒。面对这片荒凉的土地，我感到片刻的茫然。驯鹿一直都在摇摆着小跑，突然一个笨拙的飞跑打乱了节奏。前排领队挺直身子，俯冲下去，发出警告，但因为后面的冲击力他被迫前进。然后，领头的公鹿猛跳了几下，靠近了我，为身后受惊的拥挤的鹿群留出了一点空间。跑得最快的跑在最前面，庞大的密集鹿群逐渐伸展开来；就像一声令下，他们很轻松

---

① 英美制长度单位，1 英里约等于 1.6 千米。

领头的公鹿猛跳了几下

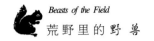

地向左转弯，穿过我躲藏的常青树的边缘，伴着嘹亮的蹄声，冲向了广阔的荒原，然后他们又开始了美妙而优雅的小跑，在荒原上稳步前行。

那是一生中难以忘怀的一幕，而且这一幕的目睹者再也不会认为驯鹿是一种粗俗不堪的动物了。

驯鹿梅嘉丽普属于以实玛利家族。事实上，他的拉丁文名字和他的印第安文名字一样，都意味着"流浪者"；如果对他观察一会儿，你就会完全明白他为什么有这样的称呼。我第一次遇到他是在夏天的一个黄昏，在一个荒野的湖上。我坐在进水口边的独木舟上，心里琢磨着用什么样的饵料才能钓到一条大鳟鱼，这条鳟鱼住在岩石后面的一个漩涡里，对我给他的所有诱饵都不屑一顾。燕子们在低处掠飞，捕捉着从水中浮起的小蚊子。一只燕子在漩涡附近浸到了水面。当他飞下来时，我看到水的深处有一道光亮迅速闪过。燕子碰了一下水，泛起一个漩涡，溅起了一个水花，但是燕子却不见了，因为他已经被鳟鱼抓住了。

一头北美驯鹿从树林里走了出来，来到我前方一处青草茵茵的地带喝水。他先在那里四处走动，让那儿看起来像是鹿群经过一样。然后，他走到一块岩石旁呷了一口水；又走到靠近我的地方呷了一口水；随后，他走到草地的边缘，又喝了一口水，接着回到了那块岩石旁边。他轻轻地啃了一口草，然后走下岸边去啜饮；而后他又回到了岸边，对着睡莲点了点头，在最近的水流处呷了一口水。他沿着岸边越走越远，最后消失在我的视线内；但当我拿起桨准备离开时，他又回来了。真是一个树林流浪者，就像海岸上的船行者一样，他永远不知道自己想要什么，也不知道为什么要这样做，也不知道接下来要去往何方。

冬天，如果你跟随兽群越过荒原，穿过森林，你会发现同样喜欢流浪，并乐此不疲的动物。如果你是一个运动健将，或是一个敏锐的猎人，而且有着良好的跟踪技巧，在你熟识驯鹿梅嘉丽普之前，你会不得不陷入几十次的绝望。他会漫无目的地长途跋涉。他的足迹无处不在，但却找不到他的身影。你在乡间搜寻了一个星期，穿过无数条踪迹，心想周围的树林一定到处是驯鹿；然而，当你留宿一个伐木营地时，那里的工人会告诉你，在前方三十英里的雷诺斯荒原上见过你追寻的鹿群。你去了那里，又见到了同样的景象，到处都是痕迹，有以前留下的，也有新近留下的，但却没有发现任何驯鹿的身影。而且，十有八九，当你在赶往那里的途中，驯鹿正在你刚刚离开的荒原上嗅着你的雪鞋留下的可疑痕迹。

即使是在他们进食的时候，你紧紧地追踪着，并偷偷地向前靠近，期待着能每时每刻看到他们，但同样会徒劳无功。他们在四英尺厚的积雪上挖出一个洞，啃食着荒原上随处可见的驯鹿苔藓。将苔藓吃掉一半之前，他们会游荡到下一个荒原上，挖一个更大的洞，然后去树林里寻找云杉上生长的灰绿色悬苔。一棵倒下的云杉树上面有一半被肥沃的食物覆盖着。驯鹿梅嘉丽普咬了一两口，然后又开始四处游荡，去寻找另一棵一样的树木。

当你最终找到他时，事情可能并没有那么一帆风顺。当你正小心翼翼地向前靠近时，一处新的痕迹又引起了你的注意，于是你会停下脚步去查看一番。一些灰蒙蒙的东西好像一朵云一样飘过前方的树林，但你几乎没有注意到它；这时在你的右侧，又响

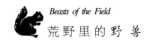

起一阵骚动，另一朵乌云，另一朵——是驯鹿，快，他们都来了！但是在你的步枪还没来得及瞄准之前，灰蒙蒙的东西就消失在灰暗的树林里，飘然而去，而你又重新开启了追踪之旅。

驯鹿辗转不定的原因并不难寻找。驯鹿梅嘉丽普的祖先和鸟类一样，他们在春季和秋季时会定期迁徙到北极圈以外的无人居住的平原上。虽然驯鹿梅嘉丽普从不迁移，但他有一种古老的本能，不会让自己安定下来。所以他一年四季都在浪迹天涯，永不满足。

幸运的是，大自然对驯鹿梅嘉丽普非常宠爱，为他流浪的性情提供了生存之道。冬天，驼鹿和马鹿必须聚集在鹿场里，并会待在那里。十二月的第一场暴风雪降临时，他们聚集在硬木山脊上，并开始在雪地里修筑小路，而且那些小路长长的、弯弯曲曲的，向四面八方绵延数英里，纵横交错、错综复杂，只有马鹿或驼鹿才能辨认清楚。整个冬天，这些小路都很繁忙，几乎呈开阔的状态，以便鹿群能吃到道路两边生长的树枝和树皮。如果不是这种奇怪的习性，严冬过后，树林里几乎没有驼鹿或马鹿能够幸存下来；因为他们的蹄子很尖锐而且下陷很深，所以在六英尺厚的雪地上，在他们的小路以外跑不到一英里，他们就会无能为力地停下脚步，或者筋疲力尽。

顺便说一句，正是这些错综复杂的小路构成了马鹿或驼鹿场。

但是流浪者驯鹿梅嘉丽普没有这样的供给场，他只能依靠大自然母亲的照料。夏天，他的皮毛是棕色的，就像他穿梭其中的大树干一样，看不到他的身影。然后，他脚上的蹄楔①开始膨胀，

---

① 即蹄甲里面的软组织。

长成了海绵状，这样他就可以像山羊一样依附在山坡上，或者悄无声息地在枯叶上移动。冬天，他的皮毛变成了柔和的灰色，而且这种颜色会在暴风雪中逐渐消失，或者能让他隐蔽地站在他所钟爱的灰色而荒凉的荒原边缘。然后，他脚上的蹄楔拱起，脚底开始变形，蹄子的边缘变得锋利，就像贝壳一样，这样他就可以在刺眼的冰面上行走而不会滑倒；他还可以用蹄子撬开硬的冰层，挖出他赖以生存的苔藓。此外，他的蹄子非常大，而且上面有很深的缝隙，所以当蹄子承受体重的重压时，就会向四周伸展。当你第一次在雪地里发现他的踪迹时，你会揉揉眼睛，以为一定是一头公牛从那里经过。他的假蹄（或上爪）也很大，踝关节非常灵活，这样驯鹿就能在雪地上行走。因此，驯鹿梅嘉丽普有一种天然的"雪鞋"，他可以很容易地在雪地上移动，除了在很深很软的雪地里，他都可以随意漫步，而其他的鹿则只能被囚禁在鹿场里。当驯鹿奔跑时，正是这些松动的蹄子和踝关节在他们奔跑时发出了欢快的咔哒声。

然而，有时，他们高估了自己的能力，他们的流浪性情让他们深陷麻烦之中。有一次，我在松软的雪地里发现了七头驯鹿，他们已经筋疲力尽了，这种状况对驯鹿来说并不多见。他们非常明智，一直休息到足以聚集力量爬到长满苔藓的云杉上。当我轻轻地踩着雪鞋走近时（一周前我一直想方设法地猎杀他们，但现在我改变了主意），他们挣扎了一两下，然后深深地陷入了大雪中，接着他们转过头，用柔和的眼神看着我，似乎在说："我们已成为你的猎物，我们已经无计可施，任凭你发落吧。"

起初，他们胆战心惊；当我把步枪放在一边，坐在雪地里平

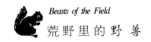

静地看着他们时，我觉得他们有点疑惑不解。其中一头母鹿最为疲倦，而且已经饥饿不堪，她啃了一点我用棍子推到她身边的苔藓。苔藓是我戴着手套采摘的，所以上面没有我手上的气味。大约一个小时后，我轻轻地向前移动，他们并没有摇晃他们的鹿角，也没有再次绝望地挣扎着想要离开了，而是允许了我的靠近。但是我没有触摸他们，因为这是任何野生动物不受束缚时都不会允许的让步，而我也不会乘虚而入。

或许有人会问："他们在雪中饿死了吗？"哦，他们没有饿死！第二天，我又去了那里，发现他们已经吃到了云杉树上的苔藓，在雪地里大踏步地穿行，沿着积雪最深的那条路一直往前，开辟了新的路径。他们吃饱喝足、精力充沛之后，到一片茂密的灌木丛里过夜了。过了一两天，雪就停了下来，路面坚硬无比，他们又开始了流浪之旅。

后来，在打猎时，有几次我发现了他们的足迹，而且还有一次我看到他们正穿过一片荒原；但为了不打扰他们，我绕路而行。我们一起用过餐，他们从我的手里取过食；这是地球上最原始的休战，即使在他的发源地——永恒不变的东方也是如此。

暴风雪中，驯鹿梅嘉丽普是非常奇怪的动物，他们就像是森林中的幽灵。他比其他动物更能感受到气压的下降。在这种时候，如果你在身后跟随着他，他的举动会让你痛不欲生，因为他永不停息地四处乱逛。当暴风雪来临时，他会突然出现，仿佛他在寻找你，而从他的踪迹进行判断，你以为他在几英里之外。他消失的方式——融化在浓密的雪花和被遮蔽的树木中——是最令人不可思议的事情。八到十头驯鹿曾以这样的方式跟我玩过捉迷藏，我随处都能看见模模糊糊的身影，他们靠近了我，闻到了我的气味，但当我抬头仰望时，只见漫天飞舞的雪花，什么也看不清。然而，其间他们就像暴风雪中的巨大雪花一样四处飘荡，注视着我的一举一动，将我一览无余。

在这种情况下，他们几乎无所畏惧，甚至放下了一贯的小心谨慎。我记得有一天，从清晨开始，我就跟踪着一个庞大的鹿群，一直靠近他们，而且其间我加速了几次，但由于他们的高度警觉性，我从未见过他们的身影。出于某种原因，他们不愿意离开荒原一寸。也许他们知道暴风雪就要来临了，那时候他们就会安全了；因此，他们并没有在第一声警报声响起时立即开始十英里的小跑，而是在两英里的范围内来回躲闪。最后，在下午晚些时候，我沿着小路走到了茂密的常绿灌木丛的边缘。驯鹿通常栖息在开阔的树林中或荒地的迎风边缘。他们的座右铭是"眼观六路，耳听八方"。我想，他们很清楚我在跟踪他们，所以就栖息在那个灌木丛里。如果我走进去，他们就会听到我的声响，因为在这样的地方，就连林鼠都无法悄无声息地活动；如果我四处走动，他们就会闻到我的气味；如果我原地等待，他们也会拭目以待；如果我袭击他们，他们就会在灌木丛的掩盖下全身而退。

当我坐在雪上冥思苦想的时候，灌木丛深处传来一阵急促的蹄声，我知道肯定有什么东西——当然不是我——再次惊扰了他们。突然，空气变暗了，在猎捕的兴奋之余，我嗅到了暴风雪的来临。如果你离营地六英里远，也没有斧头和毯子，那么森林里的暴风雪可不是轻易能对付的。我停止了追踪，拼命跑向第二块荒原的尽头。如果我能跑到那里的话，那么我就安全了，因为在

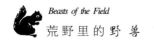

那附近有一条通向营地的小溪；即使在暴风雪中，也不可能找不到一条小溪。但在我走出大树林之前，又厚又软的雪花就飘洒在我的脸上。又走了半英里，任何方向的能见度都不足五十英尺。我仍然坚持前行，靠风和指南针控制着方向。然后，在第二块荒原的尽头，我的雪鞋跌跌撞撞地陷入雪地里的巨大洼地，我又发现了驯鹿的新足迹。"如果我迷路了，我至少会有一块驯鹿排和一张裹身的鹿皮。"我心里想道，然后又跟着他们继续前行。我动身的时候，想起了儿时鹅妈妈的古老童谣，并将它定为狩猎的乐曲：

　　睡吧，睡吧胖娃娃，

　　　爸爸打猎顶呱呱；

　　　猎得一张兔子皮，

　　　回家好裹胖娃娃。

　　立刻，我开始高声歌唱。歌声会让人在暴风雪中欢呼雀跃，使跳跃式的奔跑富有节奏，这就是穿雪鞋奔跑的原因："睡吧，睡吧胖娃娃，睡吧，睡吧胖娃娃，——好娃娃！"

　　在空旷的荒原上，突然一片黑影隐约出现在我的面前。暴风雪稍稍减弱了一点，然后越下越大；驯鹿就在我的面前，他们排列紧凑，中间是较弱的驯鹿。显然，他们既没有想到是我，也没有感到害怕，更没有表现出愤怒或不安的迹象。事实上，当我在众目睽睽之下，向他们靠近时，他们没有任何警惕的表现，只是靠边站着。他们就是白天当我走近时拼命逃跑，而且非常狡猾地从我手中逃脱的动物。

　　和其他鹿一样，暴风雪是驯鹿梅嘉丽普的天然保护者。当暴风雪来临时，他们认为自己是安全的，没有人能发现他们，飘落的雪花会抚平他们的踪迹，消灭他们的气息，而且无论接下来发生什么，都必须迅速为自己寻找掩护；然后，他们放弃了警戒，随意地躺下去。相比他们的天敌而言，驯鹿是安全的，因为猞猁、狼和豹在气压下降的情况下既看不清景物也听不到声音，所以他们都惊恐万分，需要寻找避难所。但我经常注意到，在所有的动物和鸟类中，无论是体形矮小的还是高大的，他们在暴风雪过后总是会相安无事。

我遇到的最奇怪的事情就是驯鹿学校。这听起来有点匪夷所思，但这在荒野中颇为普遍。所有群居动物都有明确的群体规则，年轻一代必须要学习和尊重这些规则，而且为了掌握这些规则，他们会以非常有趣的方式进行学习。

我现在所说的驯鹿都属于林地驯鹿——他们比北方无林地区的荒原驯鹿体形更高大、性情更温顺。夏天，他们独自生活，在深幽的森林中秘密养育着他们的幼崽。在那里，每个动物都可以随心所欲。所以，当你在夏天遇到一头驯鹿时，你会发现他的与众不同，他比在仲冬时节跟随鹿群一起奔跑时更加深不可测、稀奇古怪。

我记得有一年夏天，在我营地对面的山坡上住着一头孤零零的公鹿，他既胆小又勇敢、既矜持又非常好奇。我跟踪了他几次，当他发现我并无恶意时，就用同样的方法来追

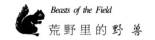

踪我，而他只想知道我是谁，我在做什么稀奇古怪的事情。有时，在日落时分我会看到他待在湖对岸令人眩晕的悬崖上，目视着袅袅的烟雾或漂来的独木舟。当我跳进湖水游泳，狗刨式地围绕着我帐篷所在的小岛划水时，他会非常兴奋地四处走动；有十几次他想下水，但他总是跑回去再看一眼，仿佛着迷一般。他又一次来到我垂钓的深坑附近那个有火烧痕迹的地方，把身体藏在灌木丛里，把鹿角伸进枯树光秃秃的枝干里，使它们不那么显眼，然后站在那里注视着我。只要他安安静静的，就不会在那里发现他；但我总是可以引起他的警惕，比如，闪动镜子，或是把鱼扔到水里，或是吹着口哨欢快地跳爱尔兰吉格舞。当我把一个鲜艳的番茄罐头绑在一根绳子上，让它绕着我的头旋转，或者把我的手帕当作旗帜挂在我的鳟鱼竿上时，他终于忍无可忍了，于是跑到岸边，踩着脚、躁动不安、神色紧张地盯着我，不断地恐吓着自己，同时下定决心要下水游过去，满足自己强烈的好奇心。——但我忽略了驯鹿学校。

只要有荒原的地方——茂密森林中没有树木的平原，冬季来临时，驯鹿就会按照古老的群居本能，成群结队地聚集在一起，那么单独的个体就不能为所欲为了；正是在冬天和春天的群居生活中，群体规则必须被熟知，个体的权利必须为了群体的利益而被搁置，年轻的驯鹿也会得到训练。

夏末的一个下午，我正沿着托莱迪河漂流，寻找鳟鱼，这时前面灌木丛中的响动引起了我的注意。这一大片沼泽地覆盖着青草和低矮的灌木丛，一条小溪从中间穿过。从独木舟上，我看到两三排摇摆的灌木丛，一些动物正从那里穿过沼泽地前往一根大木头，因为它犹如水中的一个岛屿。

我把独木舟推到草地上，朝着最近的一排摇摆的灌木丛的后面走去。我瞥了一眼松软的地面，看到了一只驯鹿妈妈带着幼崽走过的足迹。风向对我有利，所以我小心翼翼地跟在后面；他们并不匆忙，所以我尽量不惊扰到他们。

当我像蛇一样在灌木丛中爬行到树林时，我发现那里有驯鹿——五六只母鹿和十几只幼崽，他们发育良好，显然刚从四面八方而来。他们聚集在一块天然形成的开阔地上，那块儿没有灌木丛，只有一两棵倒下的树木，而且它们后来发挥了重要作用。金色阳光散落在开阔地上，他们在斑驳的光影中嬉戏着；四周都是大沼泽，保护他们免受敌人的袭击，茂密的灌木丛挡住了窥探的目光，而这里就是他们的教室。

幼崽被推到中间，远离他们会本能地去依偎的母亲，让他们互相认识；一开始他们羞羞答答，就像很多互相不熟悉的孩子一样。这是一次崭新而奇妙的会面，因为到目前为止，他们一直生活在浓重的孤寂中，除了自己的母亲之外，从来没有接触过任何生物。有些幼崽非常胆小，尽量往阴影里躲，用一尘未染的大眼睛逐一审视着同类，稍有风吹草动他们都会扑到母亲的身边。其他幼崽则很大胆，第一次见面就开始相互顶撞；但鹿妈妈们在旁边细心而和善地照看着他们。时不时会有一个驯鹿妈妈从阴影中走出来，轻轻地把一只小驯鹿从他隐藏的灌木丛中推到小伙伴中间。另一个鹿妈妈会挤到两个低垂着头相互示威的幼崽之间，并摇摇头警告他们：顶撞不是相处的好方式。我曾经通过望远镜观察荒原上的鹿群，以为他们是彼此之间相处最彬彬有礼的动物，

而在这所小小的学校里，在沼泽地的中心，我发现了事情的真相。

我趴在那里观察了一个多小时，我的好奇心越来越强烈；对于我所看到的大部分情节，我无法理解，因为我不知道答案，也无法理解为什么按照我的标准某些幼崽需要受到纠正，但却被放任不管；而其他幼崽在不断地活动，还有一些经常被他们的母亲带到一旁谈心。但最后，一堂大家都参与的课程终于到来了，那是跳跃课，这节课一定不能出任何差错。

驯鹿天生就不擅长跳跃。除了一只小鹿（为了好玩，他常常有意在一棵倒下的树木上跳来跳去），而其他小鹿根本不会跳跃，但他们一天可以轻而易举地行走很长的路程。他们习惯摇摆着小跑，所以不可能跳跃起来；如果他们受惊后飞跑起来，很快就会精疲力竭。生活在北部荒原上的历代鹿群不需要跳跃，所以他们养成了这种习惯，而这种习惯也相应地改变了他们的肌肉结构。但是现在这个驯鹿种族已经南迁到了树林里，那里的大树横亘在路上，如果驯鹿梅嘉丽普很匆忙或者身后有人追赶时，跳跃是必要之举。但他们还是不喜欢跳跃，并尽可能避免跳跃。如果让小家伙们自己去练习，他们总是在树下乱爬，或者绕着树小跑。这就出现了另一个问题，而且这也是驯鹿学校的又一个课程。

当我观察他们时，驯鹿妈妈们都从阴影中走出来，开始绕着空地小跑，孩子们尽量靠近母亲的身边。然后，鹿妈妈们跑得越来越快，而且小鹿们在后面排成了一长队。突然，领队转向倒在地上的那棵树木的边缘，然后腾空一跳跨过了树木，其他鹿妈妈紧随其后，陆续腾空跃过了树木，飘然落到了另一边，就像灰色的浪花从码头的尽头飞驰而过。但是第一个小家伙固执地垂下头，停住了脚步。下一个也如出一辙，只是他的头撞到了第一头小鹿的腿上，从下面把他撞翻了。其他小鹿"啪——啪——啪"地掉过头，绕过木头，蹦蹦跳跳地来到他们的妈妈跟前，妈妈们现在已经转过身来，站在那里焦急地审视着他们的学习效果。然后学习又重新开始了。这是真实的幼儿园教学，因为，在嬉戏的伪装下，小鹿们吸取了一个必要的教训——不仅要会跳跃，更重要的是，要跟随一位领袖，而且要毫不犹豫跟随着他的脚步。因为荒原上的领导者都是聪明的老鹿，他们从不会犯错。大多数小驯鹿都很喜欢这项运动，很快就跟着妈妈们跨过了低矮的树障，但也有少数小鹿非常胆小。接下来是这个学校中最有趣的课程，一只小鹿被带到一棵树障旁，然后被从后面撞下去，直到他能跳起跃过树障。

在这种学习过程中不需要征得学习者的同意。鹿妈妈们知道这是为了他们好，但是小鹿们却并

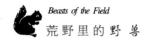

不明白。

正是在这最后一课的学习过程中,驯鹿学校解散了。在我藏身之处的前面,一棵树倒在了那块开阔地上。一只驯鹿妈妈毫不犹豫地把她的幼崽带到这里,然后跳了过去,期待着小驯鹿跟着跳。当驯鹿妈妈着地时,她像个陀螺一样旋转着,然后像一尊美丽的雕像站在那里,头朝着我的方向。她的眼睛因恐惧而显得更加明亮,耳朵前倾,鼻孔张开以捕捉空气中的异样。然后她转过身,悄悄地溜走了,小鹿靠近她的身边,不时地抬起头来,时不时地碰碰她,好像在低声问道:那是什么?那是什么?但是她一声不吭。没有发出任何信号,也没有任何我所谓的警报;然而,课程立刻停止了。驯鹿像影子一样杳然远逝。开阔地上对面的一丛灌木在晃动,上面的树叶在摇曳,好像有什么东西碰到了树枝。这时教室里已经空无一人,树林里悄无声息。

驯鹿梅嘉丽普还有一个奇怪的习惯,这一点我完全无法解释。当他年老体弱,不知疲倦的肌肉再也不能让他带着鹿群一起穿越风干的荒原时,他最终病倒了,于是他就来到森林深处的一个地方,而他的先祖们都埋葬在那里,他也躺在那里死去了。那里就是驯鹿的墓地:某一地区或某一鹿群的所有驯鹿在生病或受伤后,如果还有足够的力量到达那里,他们都会前往,因为那里远离他们夏季的家园和冬季的流浪之地。

我知道一个这样的地方,而且夏季露营时去过两次。它位于新不伦瑞克省西南米拉米奇河的源头,在一个偏僻的湖边一片漆黑的塔马拉克沼泽里。一年夏天,当我试图从一个大湖卖力地划向一个小湖(那里有很多鳟鱼)时,我发现了这样一个地方。在沼泽中，我偶然发现了两块驯鹿的骨骼，我大吃一惊，因为一百英里以内都不曾有猎人出没，而且在那个时候，多年来人类未曾涉足过这个湖。我想到了公鹿和公驼鹿之间的搏斗——他们有时会在顶撞时互相扣住鹿角，但后来他们都因虚弱无力而无法挣脱锁扣，所以最后两者皆因精疲力竭而死去。驯鹿比较温顺，他们很少会发生那样的打斗；此外，这里的角不是扣在一起的，而是彼此分开的。当我四处寻找缘由时，我想到了狼群，但好奇为什么骨头上没有被啃咬的痕迹。我又发现了另一具更久远的骨骼，然后又发现了四五具骨骼；有些是新近的，有些已经破碎不堪了。灌木丛中到处散落着一些陈旧的骨头和一些漂亮的鹿角；当我刮去枯叶和苔藓的时候，我发现下面的一些旧骨头和碎片已经发霉了。

那时候，我不理解究竟是为什么；但从那以后，我遇到了很多人，他们中有印第安人，也有猎人，他们都在荒野中度过了漫长的岁月。他们说他们发现了"尸骨场"，他们随时可以去那些地方，而且肯定能找到一套好的驯鹿鹿角；他们还说驯鹿都要到那里迎接自己的死亡。

所有的动物，当年老体弱、生病或受伤时，都有离开的习惯，他们深入最孤独的隐蔽处，躺在树叶即将把他们覆盖的地方。这就是为什么每年森林里有数千只鸟类或动物死去，但人们却很少会发现他们的尸体。即使是在你房子附近出生和生活的狗，当你认为他太虚弱而不能行走时，他也会消失不见。死神轻轻地召唤他，他内心深处骚动不安，于是他离开了，而他的主人永远也找不到他。猫也是如此，虽然他只是一种肤浅的家畜；金丝雀也是如此，虽然他只有死了才会获得自由，但他仍用无力的翅膀拍打着安逸地生活了那么久的笼子。这些动物都是独自离开的，而且他们分别找到了自己的地方。据我所知，在这方面，驯鹿是一种与众不同的动物，当该到了分别的时候，他还记得把他和鹿群紧密相连的纽带：一个又一个的冬天，在风吹日晒中，安静而富饶的森林，以及灰狼嚎叫的荒原；因此，他用尽最后的力量，离开现在的鹿群去追随自己的先辈，因为他自始至终都记得自己的第一节课，仍然跟随着他的领袖。

有时候，我怀疑驯鹿学校是否也教过这门课，驯鹿梅嘉丽普一生中是否曾被带到过那个地方，这样他就能感受到它的意义并记住它的存在。但这是不可能的，因为对于动物而言，他们无法理解死亡的意义；再者，在我发现的这些地方附近，并没有任何活驯鹿的迹象，尽管在湖的另一端，他们的足迹随处可见。

还有一些其他问题，但却无法解答。这种悄无声息的聚集仅仅是对先前鹿群规则的致敬吗？还是驯鹿梅嘉丽普，用他最后的力气，仍然想欺骗他的宿敌——一辈子跟踪他的狼，去了一个狼无法找到他的地方呢？他的安息之处最初是如何选定的，是哪些领袖在地面上寻找的？是什么样的声音或迹象，是什么样的风吹过松树的低语，是什么样的涟漪拍打着海岸，是什么样的黄昏之歌使他们停下来诉说。就是这个地方吗？一生中，他只知道活着，从来没有见过死亡，但他怎么会知道驯鹿一生仅能见一次的沉默鹿群在何方？是什么样的奇怪本能指引着驯鹿梅嘉丽普来到他流浪生活的终点？

兔子布尔

兔子布尔是个有趣的家伙。难怪雷默斯大叔[①]让他成为众多冒险故事中的主人公。在某个有月光的夜晚，当兔子布尔召集他的好伙伴们一起嬉戏时，肯定被雷默斯大叔发现了。在树林中心一块小小的开阔地带，月光透过松树照射下来，形成了适合捉迷藏的柔和而灰色的阴影，这里是觅食的狐狸做梦都想不到的地方。

我们大多数人对兔子不甚了解，所以无法欣赏他们嬉戏的方式和好玩的习性。我们在乡间院子里看到的那些温顺的兔子往往比较愚蠢，他们就像是被宠坏的顽皮小猫。一束棕色的皮毛从越橘树灌木丛中飞驰而过，我们目瞪口呆地看着他消失在摇曳的树叶中，并且非常好奇这是怎么回事。那只是一只棕色的兔子，秋天当你在林间穿行时，极有可

---

① 冒险小说《雷默斯大叔》中的主人公。

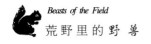

能会踩到他。

看那棵深红色的漆树，树下的棕色草地上开满了紫菀花，在那里你会发现兔子布尔的身影。整个上午，他都坐在那里，注视着你一路爬上山。但你不必跟踪他，因为你再也无法见到他的身影。他从不沿直线跑动；在他消失的地方，摇曳的树叶标志着他开始转弯，但你永远无法辨清他到底是向右转还是向左转了。现在，他已经走出了那片棕色的草地，又绕着圈子走了过来，又一次靠近了你；此刻，他正在观察着你。当你慢慢地向他走近，并向灌木丛中四处张望时，你身后的兔子又像往常一样笔直地坐了起来，一本正经地举起小爪子，长长的耳朵对准你，深棕色的眼睛像紫菀花中隐藏的露水一样闪闪发光。他暗自窃喜，肯定在想你又被愚弄了。

要想看到兔子布尔的最佳状态，就必须向猎人学习，学会如何待着一动不动，以及耐心等待。只是你不能用平常的方式狩猎，白天不要去，因为那时兔子以自己的方式藏了起来，人类的肉眼永远也找不到他；也不要带着猎枪和猎狗，因为欣赏动物生活的任何时段所需要的强烈兴趣和怜惜，会被狩猎的粗鲁刺激所取代；也不要到处追赶兔子，因为你沉重的脚步声和树叶的沙沙声只会让他慌张地跑向更安全的偏僻处。在树林里安静的小开阔地上，找到他喜欢和同伴见面的地方。在月光下，静

静地待在阴影中，让你的猎物送上门，或者顺其自然。无论你是为了猎物，还是只为了更好地了解鸟类和野兽的生活情况，这都算是一种最好的狩猎方式。

我所发现的观察兔子的最佳地点是

位于新不伦瑞克森林中心一个偏僻的湖边。那里住着几十只兔子（或者更确切地说是野兔），他们以前从未见过人类，所以就像蓝松鸦一样对我充满了好奇。在五十英里之内，从来没有听到过狗的声音，但荒野中的每一个声音，他们似乎都比我懂得一千倍。鬼鬼祟祟的狐狸或野猫踩到了一根极小的棍子，那断裂声就会让他们惊慌失措地逃之夭夭。然而，有一天晚上，我看到十几只驼鹿在那里玩耍，一只受惊的驼鹿冲进灌木丛，跳进附近的湖里，但兔子布尔们却似乎丝毫不在意。

上文提到的开阔地是湖边唯一的露营地，所以我的印第安导游辛莫向我保证，他对这块开阔地了如指掌。后来我发现这是方圆数英里内唯一一块被清理过的土地，而这一点兔子们也非常清楚。我的帐篷就在他们最好的游乐场中间，而辛莫在附近的另一块小开阔地上搭建了他的窝棚。白天我们在阳光下划了一整天的桨，所以晚上感到筋疲力尽。晚饭后，坐在篝火前的闲聊非常短暂，让人感到昏昏欲睡，于是我们就进入了梦乡，把孤寂的树林留给了蝙蝠、猫头鹰和爬行类动物。

我刚睡着，就被一声重击吓了一大跳，重击声重复了两次，就像熊用爪子重击一根旧木头，想看看木头是不是空心的，里面

有没有昆虫一样。我瞬间睡意全无，坐直了身子倾听着。几分钟过去了，一片寂静；然后，从帐篷外的蕨类植物那边传来砰、砰、砰的声响。

我慢慢地爬出帐篷；但是，当我的头探出帐篷外面时，我只听见轻微的沙沙声。尽管我等了几分钟，在灌木丛中四处寻找。我刚回到帐篷里，平静下来，又听见了刚才的砰砰的声响；在接下来的十分钟内，那种声音重复了三四次，一会在这里，一会在那里。我又爬了出来，还跟之前一样一无所获。

然而，这次，我会在回帐篷之前找出那个神秘的声响。不知道周围有什么东西，尤其是不知道这种声响的来源时，我就无法安然入睡。一轮新月正照耀着这块小小的开阔地，但光线却不足以看清大常青树的轮廓。在蕨类植物中，所有东西都是清一色的黑色。我在一棵大云杉的阴影下站了十分钟，等待着。然后，身后的灌木丛中突然传来一声沉重的撞击声打破了寂静。我吓了一大跳，马上就转过身来，瞬间，一些小动物跑进了灌木丛。

我困惑了一会儿。然后，我突然想到自己此刻正在兔子的游乐场上露营。想到这里，我就强烈地怀疑是兔子在愚弄我。

回到篝火旁，我拨开炭火，加了些柴火。接着，我把一大块桦树皮系在火堆后面两根劈开的棍子上，然后我坐在一根旧木头上等待。当火烧起来时，粗糙的反光面产生了很好的效果。前面的发光面能隐约地照射到蕨类植物的顶端以及空地的边缘。就在我观察的时候，一个黑色的身影突然从蕨类植物上方射出，又落了下去，接着传来三声沉重的重击声；然后，这个身影突然又射出来，又落了下去。他绝对是兔子，在火光中，我清楚地看到了兔子布尔的长腿在摇晃，他的大耳朵在拍打，他的黑眼睛在反射光中飞快地闪烁着。

我在那里坐了将近一个小时，才想清楚为什么这些小顽皮会这样做，以及他们是如何做到的。事情的经过是这样的：兔子从山脊下来，在小开阔地上夜夜嬉戏。他躲在蕨类植物中，注意到白色的庞然大物一动不动地立在他们的游乐场中间，他非常惊讶，非常害怕，但还非常好奇，于是他蹲下来近距离地等待着、倾听着。但是那个奇怪的东西一动不动，对他也视而不见。为了看得更加清楚，他两三次高高跃到蕨类植物的上方。然而，这个庞然大物仍然一动不动、毫无敌意。"现在，"兔子想，"我要吓唬一下他，看看他到底是什么。"于是，他用带软垫的后脚猛击了地面两三次后，迅速跳到蕨类植物的上方，看看他发出威胁的效果。有一次他非常成功，他爬到我身后，距离我非常近，不必跳起来就看到了效果。可以想象出，在我突然受惊匆匆离去后，他肯定会暗自窃笑。

那是我第一次经历兔子的挑战，而且当时给我留下了深刻的印象。这是他最奇怪的一个恶作剧；对于这样一个小家伙来说，竟然会发出那样响亮而沉重的声音。从那以后，我经常听到这种声音。现在，有时候当我晚上站在森林里，听到灌木丛中突然传

来沉重的撞击声，就像一只大驼鹿正在撞击地面，并对我摇着鹿角，但我一点也不感到害怕，因为他只是想恐吓我。

第二天晚上，我们又被兔子戏弄了。辛莫睡觉前总是脱下蓝色工作服，并放在头下当枕头，这是辛莫的一个古怪习惯。当他睡着的时候，兔子们走进了他的小窝棚，从他的头下把工作服拖了出来，啃得上面满是洞，因为他们在衣服上面嗅到了盐的味道；而且，他们并不满足于此，而是整夜在玩耍着他的工作服，把衣服拉到开阔地上，扯得到处都是细线；然后他们再把衣服拖到灌木丛下面，并丢弃在那里。

最后，辛莫发现了他珍贵的衣服，但此时看起来非常滑稽可笑，顿时他勃然大怒；当他穿上自己的新式洞洞装时，更加让人忍俊不禁。那天晚上，辛莫为了报复兔子们，他做了一个用一根绳子当引线的陷阱，绳子是他用糖蜜和盐水浸泡过的，这意味着兔子会咬绳子，然后木头就会重重地砸到他的背上。所以我必须趁辛莫睡着的时候，把木头移开来拯救那个小家伙的命，这样我才能更多地对他们进行了解。

在我们帐篷上方的山脊上还有一块小小的开阔地，一些捕猎者曾经在这里露营。一个有月光的夜晚，在那块开阔地上，我坐在一根旧木头上，在阴影里观察着兔子。第一只兔子急匆匆地跑到开阔地上。我身后突然有一阵急促的脚步声，只见他飞快地跃过原木，落在中间光滑的地面上；他在那里打着转跳跃着，像一只小猫在追逐着自己的尾巴。兔子布尔似乎想好好欣赏一下自己的尾巴，只是他的尾巴太短了，他永远都抓不住它。然后，他像火箭一样冲向了蕨类植物。我还没有反应过来到底怎么回事，他就从原木上蹦了回来，像马戏团里的马一样在开阔地上奔跑。现在他表演的是跳高，只见他用后腿笨拙地跳了两三下，像一只跳舞的黑熊一样，真是憨态可掬。

第三次的滑稽表演过程中，他发现了我。他惊讶得摔倒在地。不一会儿，他又站了起来，在我面前坐直身子，前爪交叉在胸前，竖起耳朵，眼睛因恐惧和好奇而炯炯有神。"你是谁？"他好像跟往常一样好奇地问道。我一动不动地回答了他的问题，而且告诉他不必害怕。也许他开始明白了，因为他转过了头，就像你对着一只狗在交流一样。但他并没有心满意足。"让他尝尝我的厉害。"他心想；他那有软垫的后脚在松软的地面上发出砰、砰、砰的响声。这响声让我胆战心惊，在一片死寂中听起来非常响亮。通过最后一次测试，他确信我对他并无恶意，所以观察了一会儿之后，他以惊人的速度跳进了森林。

静静地等待了几分钟后，他又回来了，这次同行的还有两三个同伴。我确信他一直在观察我，因为我听到他在我坐的原木后面的灌木丛中向我发出挑战。此刻，欢乐的气氛开始变得热烈起来。他们到处走来走去，四处乱窜，树林里好像到处都是兔子。每隔几分钟，数量就会增加；新来的兔子飞驰而来，就像一个棕色的皮风车一样旋转着。他们从开阔地上的所有东西上跳过，他们还从彼此的身上越过，好像在玩蛙跳一样；他们在跳高比赛中激烈地角逐着。有时，他们聚集

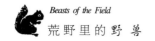

在开阔地的中间，靠近地面爬行，进退，兜兜转转，就像在玩狐狸和鹅的游戏。然后，他们用后腿站起来，像小步舞曲一样优雅而缓慢地跳来跳去。就在这庄严的舞蹈进行到一半的时候，一个淘气的家伙尖叫了一声，猛跳着，接着他们都匆匆忙忙地离开了，就像许多男孩被放出去玩耍一样迅速。不一会儿，他们又回来了，安静而沉稳，像牛蛙一样严肃。他们就像水壶盖因为下面水蒸气的压力过大而被吹开一样嬉闹着，他们是在追逐和惩罚恶作剧的制造者，还是仅仅在释放旺盛的精力呢？

我敢肯定，许多兔子都看到了我，因为他们有时会从我的脚上跳过去；其中一只来到我的脚边，坐直身子看着我。也许他就是第一只到来的那只兔子，因为他没有再尝试着恐吓我。和大多数野生动物一样，他们对第一次接近和挑战时依然静止不动的物体几乎没有恐惧感。

有一次，在那片开阔地上上演了一场奇怪的表演。我看不清楚，但看起来很像一场拳击比赛。一种奇怪的声音——噗！噗！噗！噗！首先引起了我的注意。两只兔子站在蕨类植物的边缘，靠后腿的支撑面对面地站着；显然，他们在一圈又一圈地慢慢地跳来跳去，互相拍打得非常酣畅淋漓。我看不到他们的击打，只能看到挥拳的姿势，听到拳击落在对方胸部的声音。其他的兔子似乎对此视而不见，因为即使是那两只兔子在打架，他们也会照样置之不理，只会偶尔停下来看看这两只兔子，然后继续玩自己的游戏。后来，我读到过驯服的野兔也做过同样的事情，但我从未亲眼目睹过。

还有一次，兔子们在安静的游戏中聚集到了一起，然后他们

树林里似乎到处都是兔子

突然同时往旁边跳去，消失在蕨类植物中，仿佛被施了魔法一般。紧接着，一道黑影掠过空地，差点撞到我的脸上，消失在常青树丛中。这是大角鸮库库斯库斯——一种棕色的猫头鹰，他每晚都在树林里追逐兔子，当他经过时，兔子就蜷缩在他下面一动不动。但是，兔子们是如何立刻得知敌人的到来呢？毕竟这个敌人就像影子一样无声无息。是因为兔子们都隐藏得很好，所以猫头鹰从来没有怀疑过他们的存在吗，还是因为在最后一只兔子消失的时候猫头鹰看到了蕨类植物的摇摆，但又看到了我而感到害怕，所以不敢再回来了呢？也许当时，兔子布尔的安然无恙得益于他们的自信。

兔子们很快又回来了，如果这是一个天然的开阔地，他们是不会回来的。因为如果这是大自然中一个阳光明媚的地方，猫头鹰就会在上面来回盘旋，猫头鹰知道兔子的生活方式，就像兔子也清楚他的习性一样。但是鹰和猫头鹰都会避开这样一个被人类占领的地方。如果是为了寻找猎物，他们会偶尔穿越这里一次，但他们却很少会回来。无论人们在哪里露营，都会留下一些自己的东西；林中凶猛的飞禽走兽惧怕这些东西，对它们敬而远之。只有天真无邪的动物们（害羞而且毫无攻击性），例如，会唱歌的鸟儿，喜欢嬉戏的兔子，以及没有恶意的小林鼠[①]，占据了被人类遗弃的住所，

---

① 鼠科鼠属动物，产在北美南部的尼加拉瓜和危地马拉。体长15~23厘米。它的皮毛紧密而柔软，头和背部呈深褐色，有些个体的头和背部呈暗锈红色，其他部位呈浅灰色或沙黄色。

并享受着人类的保护。我想兔子们知道这一点；因此，在这片森林里，他们最喜欢的地方莫过于一个古老的露营地。

游戏很快就结束了，因为兔子布尔整天都待在窝里一动不动，只有在傍晚的早些时候，他才第一次外出，所以他高兴得就像放学的男孩一样。然而，如果从辛莫的工作服来看，从他在我的帐篷周围跑来跑去扰醒我的次数来判断，我怀疑他从来不会太一本正经，也不会沉浸于玩乐中。这是他让自己平静的生活变得更加丰富多彩的一种方式，并且对猫、猫头鹰和鬼鬼祟祟的狐狸保持着敏锐的警惕。

渐渐地，游乐场上已空无一人，兔子们陆陆续续地溜走去觅食了。有时候，有的兔子在灌木丛中蹦蹦跳跳，一些顽皮的小兔子腾空跳起一两次去寻找嫩枝；有时候，好奇心最重的一只兔子蹦蹦跳跳地靠过来，在那根旧木头前直立起身子，看看那只奇怪的动物（我）是否还在那里。但很快，那根旧木头也空空如也。在沼泽地里，一只失望的猫头鹰待在被闪电击中的树桩上，叫喊着他已经饥肠辘辘。月亮低头望着那片小小的开阔地，那儿有摇曳的蕨类植物及柔和而灰蒙蒙的阴影，没有任何迹象显示出那是兔子的托儿所。

在营地里面，一个新的惊喜在等待着我。兔子布尔在帐篷帘下，拽着盐袋，那是我在腌制了一张熊皮后不小心放在那里的。当他全神贯注地把盐袋从橡胶毯下弄出来时，我手脚并用地爬过

去，从耳朵到尾巴抚摸了兔子一次。他吓得吱的一声跳了起来，在空中盘旋了一圈，然后面向我落了下来。于是，我们对峙了一会儿，两张脸相距不到两英尺，彼此凝视着对方的眼睛。然后，他用左后脚重重地跺着地面，宣称他并不害怕。他在帘子下，绕了半圈，越过障碍，来到我身后的灌木丛中，在阴影中坐直身子看着我。

但是我已经观察一个晚上了，已经足够了。我给他留了一大撮盐，而且他很容易就能找到；然后，我就蹑手蹑脚地进去睡觉了，任由他自娱自乐吧。

食鱼动物——水獭基奥尼克

只要发现水獭基奥尼克的地方，就一定会有荒原、美景和四季长流的水源，那里肯定也是垂钓的绝佳去处，但你可能会无功而返；因为在水獭基奥尼克侵扰了水池之后，你扔到水里的诱饵——苍蝇或小鱼——就丝毫不起什么作用了。最大的鱼已经消失不见了，你会在冰上或最近的河岸上找到他的骨头和一两块鱼鳍，而小鱼受到惊吓后也已经躲了起来。

反之，无论你在哪里发现了上述三种东西，你都会发现水獭基奥尼克。即使在城镇附近的地方，那里的居民祖祖辈辈都没有看到过水獭，但他们一直在那里过着遮遮掩掩的野生生活，对每一种危险的景象和声音都非常熟悉，所以许多过往的路人都没能目睹过他们的真容。因为他们身上的珍贵毛皮，所以遭到了接连不断的诱捕和猎杀；但是很难捕猎到水獭基奥尼克，而且他们很

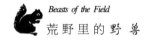

快就会吸取其他水獭的教训。当水獭一家惨遭捕获或被迫离开一条喜爱的溪流时，另一只水獭在冬季四处捕鱼时就会迅速找到这里，并且，从种群中其他水獭因疏忽而付出可悲代价的痕迹中，他清楚地知道，在这里停留时需要更加警惕，并享受着捕鱼的好运。

春天，他带着一个同伴来分享他丰盛的生活。不久，一群小水獭跑到最好的池塘里捕鱼，他们在溪流上下搜寻了数英里。但他们非常胆怯，却又大胆，又善于隐藏，所以不管是沿河抓捕鳟鱼的渔民、在池塘下面设置捕鱼装置的冰上渔民，还是在春天采摘樱草的孩子们，都确信这条小溪的原始主人仍在水里，而且他们正嫉恶如仇地注视着每一位入侵者。

偶尔，砍柴人在雪中遇见了一道未知的痕迹，比较清晰，还经过了又长又滑的下坡，看起来就像被拖行的一根木头。虽然他们对生活在森林里稀奇古怪的生物感到有些好奇，也不理解为什么这些生物会留下清晰的痕迹，但是他们还是赶着自己的路。如果他们跟随痕迹走得够远，那么就会在开阔水域找到痕迹的源头，那里才是水獭基奥尼克捕鱼时的冰面。

当我还小的时候，我记得在距离镇子房屋三英里以内的两个池塘之间的小溪上发现了一个水獭家庭的巢穴。然而，最年长的猎人却几乎记不清镇里上一次捕获或发现水獭

是什么时候的事情了。春日里的一天，我一动不动地坐在岸边的灌木丛里，观察着一群住在那里的木鸭^①，但灌木丛非常浓密，所以我并没有惊扰到他们。总能听到我进进出出的声音，他们只是让我瞥见了树丛中消失的身影；他们要么躲在莎草丛中，要么藏到河岸上高高的水草下面，所以没有人能发现他们；他们就像兔子布尔一样潜伏起来，直到我走开。他们是一道美丽的风景，而发现他们的唯一方法就是悄无声息地躲藏着；如果需要的话，可以躲上几个小时，直到他们一滑而过，完全没有注意到观察者的存在。

在我等待的时候，一只硕大的动物迅速地向上游靠近，我只看清了他的头部，身后还拖着一条长长的尾巴。他游得有力而平稳，就像绳子一样笔直；但是，我惊奇地发现，他没有泛起任何涟漪，仿佛从鼻子到尾巴都涂了油一样，在水中滑行。当他游到我的前方时，他潜入了水中。尽管我屏住呼吸观察着上游和下游，但是我再也没有发现他的踪迹了。

我以前从未见过这样的动物，但不知怎么的，我敢肯定那就是一只水獭，于是我躲了起来，希望能再次见到这种罕

---

① 即"林鸳鸯"，一种生活在北美地区颜色艳丽的小型树栖鸟。筑巢于离地面 15 米的树洞中。体长约 48 厘米，雄雌均具独特羽冠。雏鸟以水生昆虫和其他小生物为食，成鸟喜吃橡子或其他坚果。

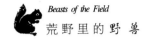

见的动物。过了不久，另一只水獭出现了，他向上游游了过来，跟第一只水獭一样又消失不见了。虽然我在那里待了一下午，但我一无所获。

从那以后，每次我外出的时候，都会去那里；我爬到河岸上然后躲起来，一连蹲守好几个小时；因为我现在知道水獭就住在那里，他们让我看到了许多我以前从未见过的生活。

我很快就找到了他们的巢穴。他们就在我藏身之处对面的一个河岸里，人口处位于一棵大树的树根中间；在水下，如果不是水獭自己认路的话，没有人能在那里找到他的巢穴。他们总是在溪流中潜入水中，这样就能神不知鬼不觉地进入他们的家门。当他们出门的时候，他们非常谨慎，总是会在水下游一段距离，然后才浮出水面。过了好几天，我才看清楚他们头顶上隐约起伏的水面，于是我顺着他们的路线找到了他们的出入口。幸亏水比较浅，否则我就永远不会找到它；因为水獭是最出色的游泳健将，在不扰乱水面的情况下，他能在水下滑行，只泛起很小一丝涟漪暗示着有东西经过，就像一只大魟鱼在睡莲丛中捕食青蛙后，再回到岸边的巢穴。

那是我在树林里度过的最快乐的一段观察时间。那次观察收获颇丰，完全出乎我的意料；我独享这个奇妙的发现。五六个男孩子和成年男性会偶尔一时兴起，在一英里外的野生草地上捕获麝香鼠，或者逮住在小溪里猎捕青蛙的稀有水貂，但他们绝对想不到用这么漂亮的毛皮来制造陷阱。

有时整个下午都会慢慢地消磨过去，倾听着树林里的各种声响，闻着沁人心脾的芳香，而面前溪水的漩涡没有泛起一丝涟漪。

但是，在一个傍晚，当河对岸的松树在夕阳的映衬下开始变暗时，一串串银色的水泡泡从河对岸喷涌而出，一只大水獭嘴里叼着一条梭鱼①浮出了水面，这时我立刻将之前徒劳无功的失望抛之脑后。他飞快地向我所在的方向游来，把前爪搭在河岸上，扭动着身子跳了一跳，然后就在距离我不到二十英尺远的地方，津津有味地吃着鱼；只见他用前爪按住那条小梭鱼，像只受惊的猫一样拱起背部，而一股溪水从他那又粗又尖的尾巴尖上流淌而下。

几年后，在荒野的中心，在数百英里外的登加冯河上，这一场景的点点滴滴再次浮现在我的脑海中。我脚踏着雪鞋，眺望着结冰的河流，这时水獭基奥尼克嘴里叼着一条鳟鱼出现在一个无冰的池塘里。伴随着冬日哗啦啦的铃声，他穿过薄薄的冰缘②，破冰而出，用爪子抵住厚厚的冰雪，扭动着身子跳了出来，拱着背在享用着美食，这就像我多年前看到的那样。我认为，这种奇怪的饮食方式是我有幸见到的所有水獭的特点。我不知道他们为什么要那样做；但是，如果每一口都是鱼骨头的话，滑到胃里一定会很不舒服。也许这仅仅是一种习惯，展现出了所有鼬科家族的拱形背部特征。也许这是为了恐吓那些趁水獭基奥尼克在吃东西的时候突然靠近的敌人，就像猫头鹰在地上觅食时竖起全身的羽毛一样，以便让自己的体形看起来尽可能大。

但我见到的第一只水獭气味太浓，所以不能在隐蔽的敌人附近长时间停留。突然，他停止了进食，扭头看着我。我能看到他

① 俗称海狼，是一种近海鱼类。梭鱼身体细长，头短而宽，身披很大的鳞片。背侧呈青灰色，腹面是浅灰色，两侧鳞片有黑色的竖纹。常年生活在沿海、江河的入海口或者咸水中。多群集生活，以水底泥土中的有机物为食。
② 指冰与岸接触处，即冰面的外缘。

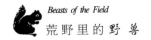

的鼻孔在抽搐，因为他从风中嗅到了我的气息。然后，他离开了
他的鱼，悄无声息地滑入了小溪，就像小溪从他下面将他淹没了
一样，随后他就消失不见了，没有留下一丝显示踪迹的波纹。

小水獭出生后，在树林里就会上演最有趣的教学。虽然水獭
基奥尼克喜欢水，而且一生中有一半以上的时间生活在水里，但
是他的孩子们就跟许多小猫一样害怕水。如果对他们听之任之，
毫无疑问，他们就会遵循古老的家族本能去过狩猎的生活；因为
捕鱼是水獭后天养成的习惯，所以本能地遗传给了小水獭，而且
这将需要好几代的历练。与此同时，小水獭基奥尼克必须要学会
游泳。

一天，水獭妈妈出现在河岸上，在一棵大树下面的树根中有
她的秘密出入口。这真是太不可思议了，因为到目前为止，有两
只水獭一直都是从河里靠近出入口的，而且从来没有在他们巢穴
附近的河岸上见过他们的身影。她似乎在挖掘着，但她非常谨慎，
不停地看一看、听一听、嗅一嗅。我从来没有靠近过那里，害怕
把他们吓跑。几个月后，当巢穴空空如也时，我去查看了一番，
这时才明白她到底在干什么。然后，我发现她从她的巢穴里又开
了一个通向河岸的出入口。她巧妙地选择了一个地方—— 一个大
树根下永远不会被注意到的空洞，而且她从巢穴里开始挖洞，把
泥土运到河底，这样树上就不会有任何动物出没的迹象。

很久以后，当我从大量的观察中逐渐熟悉水獭基奥尼克的生
活方式时，我明白了这一切的意义。她只是在为那些怕水的孩子
安全进出提供方便。如果她把他们从水下的出入口带进或赶出时，
他们很可能在到达水面之前就溺水而亡了。

当出入口建造好以后，她就消失不见了；但我确信她就在巢穴里面，她正在观察以确保河岸是安全的。慢慢地，她的头和脖子露出水面，直到露出黑色的背脊。她把头转向上游，嗅到风中没有异味。她又用眼睛和耳朵查看了下游，那里也没有敌情。然后，她才从巢穴里出来，身后跟着两只蹒跚学步的小水獭，他们对明亮的大世界充满了好奇，但对河流却充满了恐惧。

起初没有嬉戏，只有好奇和探索。他们生性小心谨慎，当他们放下小脚的时候，就好像要踩在鸡蛋上一样，而且在走到每个灌木丛后面之前都要闻一闻。老母亲注意到了他们的狡猾，感到非常满意，而她自己的鼻子和耳朵则在警惕着远处。

郊游时间太短暂了，因为下游的空气中飘来了不安的气息。突然，她站起身，小家伙们好像听到命令似的，跌跌撞撞地回到了巢穴。紧接着，她也回到了巢穴，河岸上顿时空无一物。整整过了十分钟，我未经训练的耳朵才捕捉到微弱的声音，这些声音并非来自树林，而是来自小溪的上游；又过了一会儿，两个拿着钓鱼竿的人出现了，他们慢慢地向上面的池塘走去。这两个人几乎跨过了洞穴，然后走远了，但完全没有意识到希望他们离开的动物或人，因为他们穿行的吵闹声打扰了他们的独处，为此他们深感不满。尽管我一直观察到天黑，但是水獭再也没有出来。

一个星期后，我才再次见到了他们的身影。显然，在这段时间里，小水獭进行了有益的学习，因为他们对河水不再感到恐惧害怕。他们像以前一样，在下午的同一时间蹒跚着走出来，并径直走向了河岸。母亲躺下身来，孩子们爬到她的背上，就像在嬉戏一样。随后，她滑进小溪，慢慢地游来游去，而小水獭基奥尼

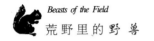

克使劲地抱住她，好像之前听过童谣里的蛋头先生 ① 一样，随时都可能掉下水。

过了一会儿，当水獭妈妈像闪电一样从他们身下潜入水中，让他们在水中自行其是时，我理解他们焦急期待的心情。他们开始很自然地游泳，但对新事物仍然心存恐惧。水獭妈妈一出现，他们就呜咽着向她扑去；但水獭妈妈却一次又一次地潜入水中，或者慢慢地离去，让他们自己一直游泳。过了一会儿，他们似乎筋疲力尽了，也失去了勇气。水獭妈妈比我先发现了这一点，于是她滑到了他们之间，这时两个小水獭同时转过身来，在妈妈的背上找到了一个休息的地方。她小心翼翼地把他们带到了岸上，不一会儿，他们就像许多小狗一样在干枯的树叶里打着滚。

河岸上的巢穴从来没有受到过打扰。第二年，那里又降临了一窝小水獭。水獭妈妈以其特有的精明——这种精明越接近文明就变得越来越敏锐，用泥土和浮草填满了树根之间的陆地出入口，只使用水下的出入口，直到幼崽再次降临到这个世界。

在荒野中的所有生物中，水獭基奥尼克是最有天赋的，如果我们能探索出他的生活方式，那么将成为最有趣的一章。他的每一次旅行，无论是通过陆路还是水路，都充满了不为人知的特质和技巧；但不幸的是，从来没有人见过他的行为，所以他的大部分习性仍是未解之谜。你会看到一个脑袋迅速地探出在一个比较荒凉的湖面，或者在溪流上与你的独木舟迎面相遇；然后，当你急忙跟随他时，他打了一个旋就消失不见了。当他再次出现的时候，他对你的观察会比你对他的观察更敏锐，所以你对他的了解

① 或称矮胖子，是《鹅妈妈童谣》的主人公。

甚少，只知道他非常胆小。即使是那些以捕捉他为主业的捕猎者，也对水獭基奥尼克几乎一无所知；我也经常与他们交流，他们只知道在什么地方设置陷阱捕捉他，以及在他死后如何护理他的皮毛。

有一次我看到他以一种奇怪的方式捕鱼。那是冬天，在一条流入登加冯河的荒凉小溪上。刚下过一场干雪，树木上仍然覆盖着厚厚的雪花；雪花呈粉状，非常轻盈，所以无法沉降也无法凝结。我追踪着一些像在雨中游荡的鸻鸟[①]一样的驯鹿，每走一步，都得抖掉雪鞋尖上的一大团雪，这让我疲惫不堪。

在我的前方有一个深深的无冰水塘，四周是双层冰缘。初冬的时候，当河水水位较高时，只要水流不太快，河水就会结冰，河上就会形成厚厚的白冰。然后，当溪水流下，在河面上形成了一个新的黑色冰架，比第一层冰至少高出十八英寸，其中一些冰仍然附着在河岸上，延伸到两三英尺的地方，并与下面的冰形成了黑暗的洞穴。两个冰架都向水面倾斜，在开阔地的边缘形成一

---

① 鸻鸟是鸟纲鸻科部分种类的通称。羽色平淡，多为沙灰色而缀有深浅不同的黄、褐等色斑纹。翼和尾部都短，喙细短而直。足细长，有前趾无后趾，适于涉水。常活动于水边、泽地或田野中。主食蠕虫、昆虫、螺类和甲壳类。

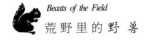

个平缓的斜坡。

　　一串串银色的泡泡从我脚下黑色的水塘中喷涌出来，我的倦意立刻全无。水泡泡又出现了，只见一条涟漪划过池塘，一会儿，泛起了千层水泡，浮出了水面，而水泡像小铃铛一样在刺骨的空气中叮当作响。水泡泡出现了两三次，我越看越好奇。接着，有什么东西在水塘对面的冰架下翻动着。一只水獭滑入了水中，再次溅起了层层涟漪；水泡泡消失后，我知道他就在我脚下的白冰下，距离不到二十英尺。

　　一个由三四只水獭组成的家庭在我脚下捕鱼，但我却全然不知。每隔一段时间，水泡泡会从我脚边喷涌而出，我敏锐地观察着，并看到水獭基奥尼克滑落在冰架的下层，蹲在另一边的阴暗处，拱起背靠在前方的冰块上，津津有味地吃着。显然，他捕到的鱼都很小。因为仅仅几分钟后，他就平躺在冰上，沿着斜坡滑入了水中，当他入水时没有溅起水花，也没有产生任何扰乱，而且一串串泡泡会再次喷涌到我的脚边。

　　我屏息观察了他们整整一个小时，对他们的技巧惊叹不已。小鱼是一种灵活的猎物，水獭基奥尼克用自己的技巧进行追踪和捕捉，而且每次都能成功。有时，当水獭追逐小鱼时，整个水塘都会荡漾着水泡泡，而且当小鱼四处躲避水獭的追赶时，水泡泡会越来越多，但很快就会因骚动而支离破碎。然而，小鱼还是在劫难逃。水獭基奥尼克会滑到冰架上，拱起背，在他身后最后一个泡泡破裂之前就开始享用美食了。

　　奇怪的是，这里的荒野上流行这样的鲑鱼捕捉规则：不能同时在同一个水塘里捕捉鲑鱼。我看到一只水獭躺在冰上做好了准

水獭拱起背抵在前方的冰块上，津津有味地吃着

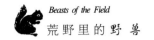

备，显然他在等待捕捉的结束。然后，当另一只水獭叼着鱼从他身边溜出来时，他像闪电一样冲进水中，因为轮到他捕鱼了。水塘里热闹了一会儿，不停地泛着水泡泡。接着，潜水次数越来越少了，最后水獭都消失在冰洞里。

因为寒气逼人，所以我不得不停止了观察，因而也不知道他们后来怎么样了。在水塘的上方和下方，溪流冻结了一段距离；除此之外，还有更多的无冰水域以及更多的捕鱼活动。无论他们是在冰块的覆盖下沿着河岸游到了其他的水塘，还是在饥饿之前待在原地睡觉，我都无从知晓。当然，他们已经在一个理想的地方安定下来，而且不会心甘情愿地离开。无冰的水塘是绝佳的捕鱼地点，而上层冰架完美地保护了他们免受所有敌人的攻击。

一周后，有一次我停止了追踪驯鹿，又回到那里观察了一会儿；但那地方异常荒凉。黑色的水流汩汩作响，在水塘中形成了一个漩涡，然后悄无声息地从冰缘下流走了，没有泛起任何银色的水泡泡。冰洞里漆黑一片，寂静无声。水貂偷了许多鱼头，但没有任何痕迹表明那里就是水獭基奥尼克的宴会厅。

在冬季的水塘里，水獭的游泳能力得到了最好的发挥，这是大自然赋予他们最非凡的能力。所有其他动物和鸟类，甚至是装备最现代化的轮船，在水中移动时，都或多或少会留下尾流。但水獭基奥尼克留下的痕迹跟一条鱼留下的差不多。部分原因是他在游泳时身体完全浸没在水中；部分原因是力度大、幅度深、节奏均匀的划水推动他向前。有时，我怀疑他的皮毛——不管他游了多长时间，都能保持皮毛干燥的防水覆盖物——是否比其他动物的皮毛油性更好；这也许可以解释为什么他在水中不会泛起涟漪。我看到他突然下水，但在水面上没有留下任何显示落水位置的痕迹。当他从一个二十英尺高的泥土堤岸滑入或跳进水中时，他不会制造出任何声响或干扰，这真是令人惊叹不已。

在水面上游泳时，他似乎像其他动物一样四肢并用。但在水下，当追逐小鱼时，他只使用前爪。然后，后腿向后伸直，连同粗大的尾巴形成了一个大舵。通过这种方式，他能够像闪电一样转弯并加速，并紧跟着惊慌失措的鳟鱼飞驰着，最终以绝对的速度和敏捷击败了鳟鱼。

在水塘捕鱼时，水獭总是从中心向外将鱼群赶向岸边，而自己则待在中心位置，因此在捕鱼过程中，他能利用较短的捕捉路线。当鱼蜷缩在岸边躲避，或者试图从他身边冲过去时，就会被他抓住。当大一点的鱼在溪水中的洞里休息时，经常会被他从后面捕获。他的接近快如闪电、悄无声息，猎物们还没有意识到危险就成了他的俘虏。

当人们想起水獭基奥尼克是一种陆地动物，并不具有他唯一的捕鱼对手——海豹的特殊天赋时，他的游泳能力就更加令人惊叹不已了。毫无疑问，大自然有意让他像他的其他家族成员一样，以在树林里打猎为生，并赋予了他相应的天赋，让他既是一名强壮的跑步健将，一名优秀的攀登者，又是一名有耐心、不知疲倦的狩猎者，而且他的鼻子非常敏锐。只要稍加练习，他就可以像他的祖先一样靠狩猎为生了。如果起初松鼠、老鼠和兔子太过敏捷，那么他可以去捕捉大量的麝香鼠；他不需要在小鹿或绵羊面前担惊受怕，因为他非常强壮，可以咬住他们不松口。

在严寒的冬天，当鱼儿稀少或水塘结冰时，他大胆地来到树林里，展示自己狩猎大师的才艺。但他喜欢鱼，也喜欢水，而且几代以来，他只是一个食鱼动物，拥有许多属于食鱼动物的安静和可爱的特质。

水獭基奥尼克的性情会让你立即对他产生怜悯之心。他非常与众不同，是他的族群里所有其他成员所望尘莫及的。他生性温和，丝毫没有食鱼动物的凶残和黄鼠狼的嗜血。他很容易被驯服，是所有林间居民中最温顺、最体贴的宠物。他从不为杀戮而杀戮，而是尽可能与其他生物和平共处。当他抓到他的晚餐时，他就停止了捕鱼。他的习惯是干净卫生，他身上没有任何像水貂和臭鼬身上那股臭气熏天的味道。人们不禁要问，仅仅靠捕鱼是否能造就水獭基奥尼克的非凡性情。如果是这样的话，很遗憾他的族群成员没有全部成为食鱼动物。

据我观察，他在树林里的唯一敌人是河狸。河狸也是一种和蔼的动物，因此很难解释他们之间的对立。我曾听说或读到水獭基奥尼克喜欢小河狸，偶尔猎食他们以改变他的鱼类饮食口味；但我在荒野中从未见过这一幕。然而，我认为他们之间的纷争仅仅是因为河狸的水坝和水塘招致的麻烦。

筑坝时，河狸们经常在大坝的两端挖一条沟渠，把多余的水引走，从而防止洪水将他们的劳动成果冲走，所以，河狸们小心翼翼地守护着自己的堤坝，赶走那些敢于越过水坝或进入水塘的林间居民，尤其是那些喜欢挖洞并给他们带来无尽麻烦的麝鼠。但是水獭基奥尼克非常强壮，所以能够随心所欲地在水塘里穿行，甚至在堤坝附近的深水区捕鱼。水獭也喜欢流水，尤其是在大部分湖泊和溪流都结冰的冬天，在旅途中，他会游到河狸用来保护堤坝的无冰水渠。但是，当河狸听到水渠里有水花飞溅的声音，或者发现水獭基奥尼克在水塘里追鱼的骚动时，他们就怒不可遏。在解决事端之前，通常会有一场殊死的搏斗。

有一次，在一个小水塘里，我发现正在上演一场激烈的搏斗，于是匆匆忙忙地划着船去查个究竟。两只河狸和一只大水獭正在进行殊死搏斗，只见他们在水里上下翻跳着，互相咬住了对方的喉咙。

当我停下独木舟时，水獭抓住了一只河狸，和他一起沉了下去。水面下出现了一阵可怕的骚动。当打斗结束时，这只河狸翻起了肚皮，死掉了；紧接着水獭基奥尼克又开始对第二只河狸展开了攻击。瞬间，他们就撕咬在一起，但是第二只河狸体形庞大，他挣扎着不想沉到水下，因为在水下对他不利。我急匆匆地划着独木舟，几乎撞到了他们的身上，在危险发生之前用尽全力将他们分开。水獭往湖里游去，而河狸却转头向岸边游去，我第一次注意到那里有几个河狸的巢穴。

这种情况下，水獭基奥尼克就不可能再闯入那片水域了。很可能，当他平静地穿越湖面时遭遇了袭击。

然而，河狸和水獭基奥尼克之间没有不共戴天的旧怨，他们之间的纷争是现实生活中发生的矛盾。当河狸在湖岸上建造巢穴时，他们不需要筑坝，而通常会建造一条从湖床倾斜向上的通道，通向他们在岸边的巢穴或房屋。现在，水獭基奥尼克在冬季的冰下捕鱼的频率远远超乎了人们的想象。因为每次追逐后他必须要换气，所以他必须清楚整个湖中所有的通风口和洞穴。在追逐鳟鱼的过程中，无论他如何转身和往返，他都不会迷失方向，也不会忘记换气的地方。当他抓到鱼时，他在冰下通过最短的距离，找到最近的地方可以换气和进食。有时，他会上气不接下气地闯入河狸的通道，河狸不得不忍气吞声地待在通道上方的巢穴里，而水獭基奥尼克则在他的通道里享用着美食；但是通道没有同时容纳他们两个人的空间，所以不可能在那里或冰下进行打斗。由于河狸只吃树皮——"杨树"树皮的白色内层是他的主要美味，所以他无法理解也无法容忍这个野蛮者，因为这个野蛮者吃生鱼，而把骨头、鳍和黏液的气味都留在他的门口。河狸的整洁堪称典范，他厌恶所有的气味和污秽；这可能就是河狸在自己的领地发现水獭基奥尼克时，怒不可遏地对他进行野蛮攻击的原因。

　　水獭基奥尼克古怪的行为方式中最有趣的莫过于他滑下山的样子，这勾起了那些他的接触者的童年记忆，让他们产生了共鸣。我记得曾见过一对水獭为了度过一个阳光明媚的午后，兴高采烈地从

一个泥土河岸上滑了下来。很明显，那条滑道位于一个深入河中的小岬角陡峭的一侧，所以要非常小心。滑道非常陡峭，大约有二十英尺高，经过多次滑动和润湿，已经非常光滑了。一只水獭会出现在河岸的顶部，俯身向前，像闪电一样向下冲去，潜入水下，并在离滑道底部不远的地方钻出了水面。周围静得出奇，仿佛整个树林都竖起了耳朵，倾听着那些胆小的动物的嬉戏，因为这是一种乐趣，纯粹而简单，而且其中蕴含着无尽的激动和兴奋，特别是当其中一个试图抓住另一个而紧跟其后，然后一起射入水中的时候。

这个滑道非常好玩，水獭们玩的时候小心翼翼，防止皮肤变粗糙。他们从来没有沿着滑道往上攀爬，而是绕到另一侧再爬上河岸；或者与滑道隔开一段距离，与他们保持平行，可以轻易地往上攀爬，而且滑落的滚石或棍子也不会破坏滑道的平滑度。

冬天，雪比黏土更适合滑行。此外，由于水獭身体留下的水会结冰，所以黏土很快变得坚硬而冰冷。几天后，滑道就会像玻璃一样光滑，然后就成了完美的滑梯。每一只水獭，无论老少，都有他们最喜欢的滑道，且每天都会腾出一部分时间享受滑行的乐趣。

当在深雪中穿过树林时，水獭基奥尼克依靠自己的滑行习惯帮助自己前进，尤其是在下坡时，他助跑了一小段距离，然后趴在地上，在雪中滑出去几英尺，然后又跑了起来。所以他的前行是接连不断的滑行，就像一个人在湿滑的天气里匆匆赶路一样。

我提及过有一天在荒野中我第一次发现水獭的银色水泡泡，那是经过几次难得的观察后发现的，我认为那是水獭基奥尼克迅

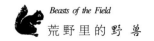

速滑入溪流后泛起的泡沫。当他穿过水面时，附着在他粗糙皮毛上的空气，会被冲刷掉。水獭从长长的滑道上肚皮朝下嗖地射入黑色的冬季水塘，而身后银色的水泡泡就会叮咚作响，此情此景很容易让人明白猎人的心态变化源于对大自然的感触，是大自然让我们相亲相爱。此后，水獭基奥尼克就避免了被抓捕，至少你不会再在水獭基奥尼克的滑道底部找到可怕的陷阱，把胆怯生物的喜剧变成悲剧；反之，无论是相逢在荒野的湖泊上，还是邂逅在无人问津的家乡的小河边，他都会给渔民带来真正的好运。

黑熊穆文

　　从孩提时代起，棕熊（布伦熊）基本上只是一种想象的存在。他是一种凶猛的野兽，在阴暗的树林里游荡，双眼猩红、面目狰狞，随时准备冲向毫无戒备的旅行者，并当场将他吃掉。

　　但北方印第安人所说的黑熊穆文是一种与众不同的生物。他体形高大，浑身漆黑，长着长长的白色牙齿和锋利的黑色爪子，跟我想象中的熊非常吻合。然而，与想象中的熊不同的是，黑熊穆文就像兔子一样，害羞、胆小、无拘无束。当你晚上在野外露营时，兔子会从蕨类植物中出来，趁你睡觉的时候拖走你的鞋子，或者在盐袋上咬一个洞，在你的眼皮底下尽情地做恶作剧。但是，如果你想看到穆文，你必须连续几个夏天都去安营扎寨，在大片森林中长途跋涉，然后才能瞥见他的身影，或者除了像赤脚男孩匆忙跑过松软的土地而留下深深的足迹外，看不见任何其他痕迹。

　　穆文的耳朵和鼻子非常灵敏。只要耳朵或鼻子感知到最轻微

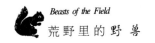

的异样，他通常会立刻躲到附近非常浓密的树林或十分高低不平的山坡上。如果他远远地发现你在靠近，他就会像一个黑影一样悄无声息地溜走。但是，如果他受惊害怕，他就会冲进灌木丛拼命地往山坡上跑，而他的身后尽是树枝的啪啪撞击声、原木的咚咚倒地声，以及飞扬的尘土和枯枝。

第一次邂逅这样不可思议的瞬间，有人一定认为有很多熊在爬山坡。如果你碰巧瞥见了这场游戏，你会意识到一双可爱的黑色小脚，迈着飞快的步伐，在一团飘忽不定的东西中闪闪烁烁。这就是我第一次见到穆文的情景。当我绕过一条鹿的踪迹的拐弯处时，发现他正在安逸地吃着蓝莓。面对一只强大而凶猛的野兽，我唯一的武器就是一根钓鳟鱼的钓竿！

我们同时发现了对方，言语难以表达我们彼此的惊愕。我惊恐万分，但是突然我意识到他看起来也胆战心惊。我的突然发现就像是一次灵感乍现，这让我在他恢复理智之前进行了一次示威。我怒气冲冲地跳上前去，将帽子向他扔去。

"嘭！"我喊道。

"呼，汪！"穆文回应道，接着拼命地向山上爬去，他脚下松动的石头嘎嘎作响，而且脚底不断往身后甩出泥土和碎屑。

这番景象彻底扼杀了我童年时期对熊凶猛形象的想象，这比任何子弹更具有杀伤力，而且我确信穆文本质上非常胆小。不过，这是一只小熊，我还遇到了一只小熊，我对他做了同样的实验，而且得到了同样的结果。如果他再年长一点，体形再高大一些，可能会是另一番景象。在这种情况下，我发现一个有趣的规则：只管悄悄地走自己的路，对穆文视而不见。所有的动物，无论是野生的还是家养的，都会尊重既不害怕也会不打扰到他们的人类。

穆文的眼睛是他的弱点。他的两只眼靠得很近，似乎只能看清鼻子前几英尺的地面。在背风面二十码处，如果你碰巧站着一动不动，他永远无法将你跟树桩或驯鹿分辨清楚。

如果幸运地发现了他在漫长的夏日里睡觉的山脊，那么可以在下面的湖面上观察，就能看到他的身影。你只需要在水草间的独木舟里静静地坐着。当靠近湖边时，熊几乎总会在中午时分下来仔细地嗅一嗅，舔一舔湖水，也许会在下午睡觉前找到一条死鱼。

我在独木舟上这样观察过四五次，而穆文就从旁边经过，直到一声唧唧声引起了他的注意，他才怀疑我的存在。这时，奇怪的是，当没有风把气味吹进他敏锐的鼻子时，他就把头转向一边，徒劳地皱起眉头，试图辨认出草丛里奇怪的物体。最后，他用后腿站立起来，长时间专注地凝视。他的鼻子会径直对着你，眼睛直勾勾地看着你，似乎非常肯定地看到了你，但他又四肢着地，一声不吭地向岸边茂密的灌木丛走去。

现在千万别动，也不要发出任何声音。他就坐在那里，虽然他看不见你，但可以用鼻子和耳朵捕捉到你最细微的信息。

寂静无声的十分钟过去了。在前方五十码的岸边，你会注意到越橘丛的轻微晃动。那肯定不是熊！因为自从他失踪后就再也没有任何声音了。一只松鼠在灌木丛中爬行时，肯定会发出显示踪迹的声响。但是灌木丛又摇曳起来，黑熊穆文突然又出现了，又长时间地看了看那个可疑的物体；然后，他转过身，沿着海岸

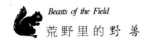

蹒跚而去,而且他的脑袋左右摇摆着,好像非常迷惑不解似的。

现在把你的独木舟荡到湖里,在前方四分之一英里的地方把黑熊穆文拦下。抓住几根坚硬的茎,让独木舟安静地停在睡莲垫外侧,然后低下身子。这一次,当黑熊穆文绕过这里时,这个大物体(独木舟)引起了他的注意;你只需静静地坐在那里,就能看到他以比以前更神秘的方式完成了同样的行为。

然而,有一次,他举动反常,让我狼狈不堪,让我体验了被猎杀的感觉,同时也展示了他在最浓密的掩体中穿行时是多么地悄无声息。

那是一个傍晚,在一个森林的湖泊上,湖面像一面巨大的镜子,上面仍然荡漾着夕阳的余晖。黄昏的寂静笼罩着荒野,只有隐士画眉鸟在一棵枯死的云杉树顶上放声歌唱。

我在四处漂流,部分原因是希望能见到黑熊穆文,他经常出没在湖水的下游,这时我听到他在浅水中行走。透过望远镜,我看到他沿着岸边,步履蹒跚地朝我的方向走来。

我一直很好奇,想知道熊离一个人类多近时,才会发现这个人的存在。此时机会来了。现在没有一丝风吹草动,而日落时的风向才对我有利。

我把独木舟藏起来,在沙滩上的一个狭小空间里坐了下来,那里茂密的灌木丛一直延伸到离水边几英尺的地方。他的头部和肩膀在水草之上清晰可见。尽管我的膝盖上放着步枪,但我对他并无敌意。那时接近交配季节了,黑熊穆文的脾气往往比较暴躁，所以我手里拿一把冰冷的步枪，会倍感欣慰。

与此同时，黑熊穆文沿着岸边急匆匆地赶往湖的另一端。在交配季节，熊会利用湖泊和溪流的边缘作为天然公路。当他越走越近的时候，我好奇地注视着这头体形巨大、毫无意识的野兽。他低垂着头，双脚重重地踩着浅水，溅着水花。

距离我二十码处，他停了下来，就好像被击中了一样，抬起头，举着一只爪子，疑虑重重地嗅着。即使在那时，他也没有发现我，尽管我们之间只有开阔的湖岸。他根本不用眼睛去观察，而是把头靠在肩膀上，向四面八方嗅来嗅去，同时上下摇晃着棕色的口鼻，以便捕捉空气中的异样元素。

他缓慢而小心翼翼地向前走了几步，然后又停了下来，直视着我的眼睛，然后越过我朝湖边走去，而鼻子一直都在嗅来嗅去。我只是待在岸边一动不动，而他却近在咫尺，我捕捉到了他的目光，看到了他鼻孔的膨胀以及口鼻的紧张抽搐。

他又往前走了一两步，稳稳地竖起前脚。长长的毛发开始沿着他的脊背竖起来，皱巴巴的嘴巴里闪现出白色的牙齿。他仍然没有怀疑草丛中那个静止的物体。他朝湖面放眼望去，然后，默默地走进灌木丛，消失得无影无踪。

等待的时候，他近在咫尺，我几乎不敢呼吸，期待着他能沿着岸边走远。五分钟过去了，尽管我在湖边的死寂中聚精会神地听着，但没有听到他发出任何声响。我始终可以闻到他一股强烈的味道。人类可以闻到熊的气味，就像熊能闻到鹿的气味一样，但是这种气味在灌木丛中没有停留很久。

在他消失的地方，一棵灌木微微地晃动着。我正密切注视着他，但出现了一个突如其来的警告——我不知道那是什么，因为我没有听到，只是感觉到了，于是我迅速转过头来。在距离不到六英尺远的地方，从河岸上的灌木丛中探出了一个巨大的脑袋和两只臂膀，一双闪闪发光的眼睛正聚精会神地盯着草丛中的我。原来他一直在一臂之遥，注视了我大概有两三分钟。毫无疑问，如果那时我的一块肌肉在动，他就会猛扑到我的身上。既然如此，谁又能说清他那探头探脑、半信半疑、半野蛮的眼神背后，到底闪现着什么呢？

我猛地把步枪推上膛，他立刻缩了回去。几分钟后，我听到远处一根树枝折断的声音。直到他冲到五十码远的岸边，沉着冷静地向湖边走去，这时我才看到他的身影。

黑熊穆文十分幽默，即使不饿的时候，他也会千方百计地把在岸边享受日光浴的一只牛蛙吓得东躲西藏；显然，他只想看牛蛙跳来跳去。一天下午，他在拿牛蛙自娱自乐，一只只牛蛙叫着"呱！呱！"然后咚地跳入睡莲叶子下面，而他只能歪着头，眉头紧锁，这一幕让我忍俊不禁。

熊的幼崽像小狐狸一样顽皮，而他们的极端笨拙又大大增加了他们的幽默感。我的印第安导游辛莫告诉我，当幼崽听到熊妈妈回来时，他们有时会跑开并躲起来。无论熊妈妈怎样哄骗或焦急地恐吓，幼崽们都不会出来，直到她卖力地将他们找出来。

我只见过一次幼崽们的嬉戏。有两只接近成年的幼崽跟妈妈在一起，他们用后腿站立起来，相互拍打着，像训练有素的拳击手一样进行攻击和防守。然后，他们抱紧胳膊拼命地摔着跤，直

从灌木丛中探出一个巨大的脑袋和两只臂膀

到其中一只被摔倒，而另一只则立即抓住他的喉咙或爪子，摆出可怕的咆哮姿势。

显然，他们是两只身强体壮、精神饱满的雄性幼崽。但熊妈妈很生气，很不开心。她不安地踱来踱去，好像这场暴力的游戏让她格外紧张。偶尔，当她坐下身子，后腿伸直，前爪在两腿之间竖起时，其中一只幼崽会靠过来像猴子一样往妈妈身上爬，而妈妈总会给他一巴掌，于是他呜咽着又回到同伴身边；然而，此时他的同伴看起来非常滑稽、可笑，他坐在那里，看着同伴的尝试，一边吐着舌头，一边滑稽地摇着头。每年的某个时候，她都会把幼崽们放归大自然，让他们自己去适应环境；而这次可能是他们第一次的严格训练。

有一次，我还看到一只黑熊以一种奇怪的方式在自娱自乐。那天非常炎热，在新不伦瑞克荒原的中心地带，黑熊穆文走到湖边，只见他步履蹒跚，还焦躁不安地扭动着身子、摇着头，好像热得非常难受。我坐着独木舟，悄悄地紧跟在他的身后。

不久，他来到了桤木下一个凉爽的地方；这可能就是他正在寻找的去处。一条小溪在那里形成了一个漩涡，在柔软的黑色泥床上聚集了大量的浮萍。一棵巨大的雪松树桩斜伸在水面上方，距离水面四五英尺。

首先，他蹚进去试试温度，然后他出来爬上了雪松树桩，向四面八方嗅了嗅，这是他趴下之前的习惯。最后，他终于心满意足了，小心翼翼地保持着平衡，双腿伸直，爪子向上，嘴巴张开，一跃而起，好像在自嘲一样；嗖的一声他猛扑了下来，泥水四溅。他嘴里高兴地发出低沉的呼呼声，然后躺在凉爽的床铺上舒服地小憩了一会儿。

黑熊穆文喜欢吃鱼，他发现了一种有趣的捕鱼方法。每逢六七月，大量的鳟鱼和鲑鱼都会沿着荒野的河流游向产卵地。小溪里到处都是浅滩，大鱼挣扎着向上爬时，往往会半离开水面。在其中一个浅滩上，由于河口处的潮汐较高，在六月的第一个明亮的月夜，那时鱼的流量最大，于是黑熊穆文就去那里驻扎下来。和其他渔民一样，黑熊穆文也知道该在什么样的夜晚捕鱼，而且他也知道保持安静的规则。当一条鲑鱼挣扎着游过时，黑熊穆文将一只爪子伸到鱼的身下，然后手灵巧地一翻就将鱼抛到了岸边，鱼还没来得及回过神来，黑熊穆文就已经冲到了他的面前。

饥饿的时候，黑熊穆文会和狐狸一样诡计多端。他试着用捕捉鲑鱼的方法从睡莲叶子下面翻找着青蛙。如果失败了，他会像水貂一样在水草中爬行，用爪子猛击他的猎物。

有时候，他会在树林里发现一只游荡的豪猪，于是紧跟其后，向豪猪扔泥土和石头，同时小心翼翼地避免触碰到他，直到豪猪把自己卷成一个满是粗硬棘刺的球——这是豪猪通常的防御方法。黑熊穆文把爪子伸到豪猪的下面，把他甩到一棵树上撞晕他，然

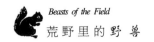

后咬住他的腹部，因为那里没有棘刺。如果黑熊在树上发现了豪猪，他就会爬上去，如果他还是一只小熊的话，那么他就会想方设法甩掉豪猪；但很快他就会懂得，应该节省体力以便收获更大的捕猎。

冬眠过后，黑熊穆文经常会造访伐木营房，他会从门或屋顶闯入，去寻找自己想要的东西。如果营房里碰巧有一桶猪肉，他会把桶滚到户外，然后用爪子猛击桶盖。

如果他在储藏室里找到一桶糖蜜，那么他就会心花怒放。黑熊穆文会立刻把桶盖打开，饱餐一顿。然后，他就躺在地上，在黏糊糊的糖蜜上翻滚着，以延续

自己的快乐；他会一直待在那里直到将糖蜜舔得一干二净。

对于他闯入坚固营房的力量和狡猾，伐木工人们早就有所耳闻。当有价值的储藏品被留在树林中时，它们会被放进特殊的营房，即所谓的"熊营"；这个营房的门和屋顶都用链条和巧妙的木锁固定好，以防熊的闯入。

在定居点附近，黑熊穆文迅速找到了果园中的甜苹果树。晚上，他就爬上这些苹果树，摇下足够他吃几顿的苹果。每种家畜

都是他的猎物。他会像猫一样耐心地趴在开阔地的边缘，一等就是好几个小时，等待着火鸡、绵羊或猪进入他快速奔跑的狩猎范围。

熊对蜂蜜的喜爱是众所周知的。当他发现一棵腐烂的大树，而野蜜蜂就把蜂蜜藏匿在树上，于是他会用爪子抓挠大树，直到大树倒下。他把一只爪子蜷缩在木头下面，并将爪子深深地挖进木头里，而另一只爪子抓住第一只爪子对面的木头，用力猛扭，木头就裂开了。与此同时，愤怒的一群野蜂就会在他头上盘旋着，但他就像对待苍蝇一样对它们熟视无睹。他清楚自己皮肤的厚度，而且野蜂对此也很清楚。当蜂蜜终于暴露出来，黑熊穆文开始狼吞虎咽地吃着时，野蜂也会落在蜂蜜上，趁蜂蜜没被吃完之前，它们也开始大口大口地吞食着自己辛勤劳动的果实。

有时候，树林里所有可以吃的东西都能满足黑熊穆文的需要。在这个季节，坚果和浆果都是他们最喜欢的菜肴。当找不到这些以及其他食物可吃时，他知道在哪里可以挖掘出可食的树根。一只大驯鹿在他的藏身处附近游荡，突然遭到当头一击，他立刻惊恐万分，倒在地上。然后，当鹿肉不新鲜时，黑熊穆文就会去追捕他之前发现的一只跑到石头下面的林鼠，一去就是一个小时；或者把一根腐烂的木头撕成碎片，以获取隐藏在其中的蚂蚁和幼虫。

最终，他找到了最喜欢的菜肴。在一个有

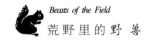

燃烧痕迹的地区，蚂蚁和浆果比比皆是，到处都是从头到尾都裂开的焦木，成千上万的蚂蚁在其中筑巢。几个强有力的爪痕，以及随处可见的湿舌头的舔印，证明了蚂蚁的存在。这体现了黑熊穆文的特殊品味。除了蜂蜜，他也喜欢红蚂蚁，它们像泡菜一样酸爽。

比起捕猎，黑熊穆文甚至更擅长拳击。当剥去他前臂的皮肤时，就会看到他们巨大的肌肉，而且摸起来像橡胶一样结实。长期的练习使他非常强壮，并且能像闪电一样迅速地进行防卫和攻击。运气不好的猎狗，不管他有多么强大，如果狩猎时兴冲冲地冒险进入了黑熊穆文的爪子范围内，那就遭殃了。一次击打通常就会使这个可怜的畜生跟狩猎永远说再见了。

有一次，辛莫用钢丝网陷阱钳制住一只熊的后腿。他是一只两岁的小熊，辛莫想用棍子打死他，以节省他宝贵的火药。于是，他砍下一根粗壮的枫树棍子，高高地挥舞着，向陷阱走去。黑熊穆文站起身来，像一个训练有素的拳击手一样，死死地盯着辛莫的眼睛。棍子横扫而下，好像能击倒一头牛，而黑熊穆文的爪子一闪而过，棍子瞬间旋转着飞进了树林；辛莫恰巧躲过了可怕的回击，他摔倒在地上，滚到了黑熊穆文够不着的地方，只是他的帽子留在了黑熊穆文的爪子里。再迟一点点的话，挂在黑熊穆文手里的有可能就是辛莫的头皮。

在交配季节，当三四只熊经常一起在树林里嬉戏打闹时，黑熊穆文会使用一种奇怪的挑战方式。他用后腿站起来，把身体抵在一棵大杉树或云杉上，用他的爪子撕扯着他能够到的树皮。然后，他背靠在树干上，转过头，用长长的犬齿啃咬着树，撕下一口木头。这是为了让所有竞争对手都知道他有多么强大。

下一只走过来的熊，也许是为了赢得对手的配偶，接受了这个挑战，并以同样的方式，对着同一棵树展示了自己的身高和臂展度。如果他能啃咬得那么高，或者更高，那么他就会继续啃咬下去，而一场可怕的打斗肯定会接踵而至。但是，如果他已竭尽全力，而且他的啃咬印记没有达到之前的深深咬痕，那么他就会谨慎地退出，让一头更强大的熊去挑战。

在荒野中，人们偶尔会发现在一棵树上有三四只熊因为争夺配偶而留下的挑战痕迹。有时，同一地区的所有熊似乎都在同一个地方留下了痕迹。我清楚地记得有这样一棵树，那是一棵枞树，长在一个偏僻的小河狸池塘边。在那棵树上，撕破的树皮上已经无法区分出不同的挑战痕迹。上面最近留下的痕迹是一个四肢修长的年长流浪者，他一定是个怪物，因为他明显比他最近的对手留下的痕迹高出了一英尺。显然，之后再没有其他熊愿意尝试打破这一纪录了。

有一次，在同一个季节，我意外地发现，黑熊穆文可以像鹰或驼鹿，或者像其他任何野生动物一样，而且怎样形容他都不过分。那是在新不伦瑞克的荒野上，我在一条野生森林河流上露营。午夜时分，我回到树林里的一块开阔地上，看着几只野兔在明亮的月光下玩耍。他们逃跑后，我从树桩下的巢穴里唤出了一只林鼠；一只棕色的猫头鹰从河对岸飞来，差点把我可怜的小林鼠吓死。突然，远处的山上响起了一声奇怪的叫声。我好奇地听着，然后模仿着叫声做出了回应，而且希望能再次听到并记住这声音，因为我以前从来没有听到过，也不知道是什么生物发出的。然而，

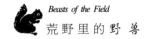

没有得到回应，我很快想到了猫头鹰；因为这时，又有两三只猫头鹰正对着我吼叫，他们都是野兔招来的。猫头鹰离开后，我又模仿着那个奇怪的声音叫了一声。立刻，我就得到了近距离的回应，那个生物来了。

我偷偷地溜到开阔地的中间，静静地坐在一根倒下的木头上。十分钟过去了，周围死一般地寂静。然后，我身后的一根树枝折断了。我转过身来，看到了黑熊穆文，他刚走进开阔地边缘。他站在月光下，又黑又大，而且从喉咙深处发出怒吼；当他发现我时，怒吼声越来越深沉，这一幕让我久久不能忘怀。我们直视着对方的眼睛，无法预料接下来将要发生什么。最后，他默默地回到了浓密的阴影中。

黑熊穆文的性格还有另外一面，幸运的是，这是珍贵的一面。在交配季节，或当他受伤，或被逼得走投无路，或为保护幼崽而

被激怒时，这一面尤为明显，他的性情驱使他进行攻击而不是像往常一样逃跑。黑熊穆文是一个可怕的野兽，一个体形巨大、脾气暴躁的野兽，而且力大无比、残忍奸诈。我曾因跟随他而在旷野中负过伤，他的每一处栖息地都留有深深的抓痕，那里折断的树苗无声地证明了他击打的力量。他天生的胆小也许只是表面现象，但猎人们也大大夸大了他的凶残。

总之，黑熊穆文是一个和蔼可亲、有趣的家伙，非常值得研究。然而，他的高度

谨慎通常使他能够逃避观察；毫无疑问，他还有许多稀奇古怪的习性有待于人去发现。在他展示自己的罕见时刻，不要用喊叫声或枪声让他胆战心惊，而是要耐心地爬着向他靠近，看看他在做什么。只有在最深处的荒野里，他才会展现出最自然的本性。在那里，他大部分时间都是独自一人随心所欲地四处游荡；当他认为连林鼠图克希斯都没有在意自己时，他会像猫头鹰一样严肃地进行滑稽的表演。

荒野小径

　　一天，在荒野中，当我划着独木舟沿着一条美丽的河流划过时，我注意到一条小径穿过水草，与溪流呈直角。我把独木舟摇到小径前，发现它似乎是伐木人在河上穿行的一个着陆点。四周茂密的莎草在这里向内弯曲，形成了一条闪闪发光的绿色通道。

　　泥泞的河岸上有许多水貂、麝鼠和水獭的足迹。大驼鹿会站在这里饮水。河狸会在这里割草，把割来的草做成一个小泥馅饼，馅饼中间夹杂着一点麝香的味道，香气弥漫着整个地区。这个馅饼肯定是昨晚完成的，因为馅饼上的爪印仍然清晰可见，这是河狸离开之前，将馅饼拍光滑时留下的痕迹。

　　但这里不仅仅是一个着陆的地方，还有一条小径沿着河岸延伸到树林里，隐隐约约宛如莎草丛中的绿色水道。高大的蕨类植物弯着腰把这条小径隐藏起来；草丛轻轻拂过小径，将它非常自然地掩饰起来；桤木挥舞着浓密的枝叶，似乎在说："这里已经无路可走。"但小径就在那里，它是供伐木人使用的。当我沿着它走进阴暗寂静的树林时，看见一根长满苔藓的木头横卧在小径上，上面已被许多小脚丫经过后磨得非常光滑。

当我回来时，看见辛莫已经划着独木舟过来了，于是我挥手示意他靠岸。轻盈的白桦树在我的独木舟旁边摇摆起来，船头翘起的下方有一个深深的水窝，发出悦耳的叮咚声，就像青石边的潺潺流水，而且那是唯一的声响。

"这条路是干什么用的，辛莫？"

他锐利的目光扫了一眼，就看到了那条弯弯曲曲的水道——那条通往桤木丛的幽径。他脸上露出惊讶的表情，因为我无意中发现了这条他曾经背着捕捉器多次徒劳寻找的小径。

"就是一条搬运通道。"他简单地回答说。

"搬运通道！但谁会到这里搬运呢？"

"嗯，可能起初是麝鼠建造的。然后就是小河狸、小水獭，每个匆忙经过的穿行者共同造就了这条小径。你看，这条河在这里有一个大转弯。这条通道从这里横穿过去就可以节省时间，就好像印第安人的搬运通道一样。"

这是我后来发现的十几条这样的小径中的第一条，它们穿过了荒野河流的弯道，这是树林居民穿行中节省时间的方式。我跟辛莫道了别，独自沿着小径好奇地走了下去。在树林里，沿着野生动物的轨迹行走，看看它们在做什么，是最有趣的事情。

但，唉！我并不是这条小径的第一个访客。走到半路的时候，

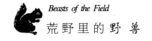

在小径下出现了一条小溪，我发现一个陷阱正好挡住了粗心大意者的去路。这个陷阱和我见过的任何一个陷阱都不一样，它是这样搭成的：

有根小棍子（捕猎者称之为扳机）的末端悬在距木头三英寸高的空中，高度刚好，这样河狸或水獭在穿越时可以自然而然地爬上去。这个陷阱看起来并没有危险；但是，如果你仔细观察一下，你会发现，如果它被压得太低，它就会立即触发支撑着坠落原木的那根弯曲的木棍，并通过挤压的力量将致命的木头压到下面任何动物的背部。

这就是水獭基奥尼克寻找配偶时遇到的陷阱，他利用麝鼠的通道来缩短行程。

在通道的另一端，我等着辛莫绕过拐弯处跟我会合。我带他回去看了那个陷阱，谴责了捕猎者无情的粗心大意，在春天离开的时候，留下了一个无形的死亡陷阱，对野生动物构成了威胁。他看了一眼陷阱，说那是抓捕水獭的陷阱。接着，他的脸上涌现出恐惧和惊奇的神情，这让我感到不可思议。

"那是诺埃尔·瓦比遭遇的陷阱。没有人会制造这种棍子样的陷阱。"他最后说。

随后我明白了。诺埃尔·瓦比在春天捕鱼时被困在河里，再也没有回来过；也没有任何迹象表明他是怎么死去的。

我饶有兴趣地弯下腰来检查陷阱。在落木的下面，我发现粗糙树皮的缝隙里还残留着一些长毛，这是属于水獭基奥尼克用来保持皮毛干燥的防水外套。有人在这里至少抓到了一只水獭，然后又把陷阱复位了。但是，一些危险的气息袭上了心头，这里弥漫着一些古老的血腥气味或微妙的警告。尽管自从古老的印第安人重新设置了陷阱，然后扛着死去的水獭大步走开以来，一定有数百只生物从这里经过，但他们却都没有从那根木头下面穿过。

空气中弥漫着什么？这里酝酿着怎样的恐惧感，在赤杨树叶中低语，在小溪中叮咚作响呢？辛莫就像树林居民一样，感到惶恐不安，赶紧走开了；而我坐在一根被春天里穿过桤木丛的洪水冲进来的大木头上，如果可能的话，我想感受一下这个地方的意义，想独自享受一下那广阔而甜蜜的孤独。我的左边响起一阵轻微的响声，接着又传来一阵！然后，我发现在小径的前方，水獭基奥尼克摇摇晃晃地走了过来，这是我在荒野中见过的第

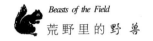

一只水獭。太阳从桤木叶子间射了进来，照在他那粗糙的皮毛上闪闪发光。当他行走的时候，他的鼻子不停地嗅来嗅去，在他明亮的小眼睛看到之前，告诉他前方发生了什么事情。

我静静地坐在那里，离小径的边缘有一段距离，水獭基奥尼克没有发现我。接近老诺埃尔那致命的陷阱时，他抬起头，停顿了片刻，像黄鼠狼一样好奇而谨慎地观察着。他静悄悄地走到陷阱的末端，消失在小径上。他走远后，我偷偷溜出去查看他的行踪。我第一次注意到，陷阱附近的旧路上长着青苔；桤木林中开始出现了一条隐约可见的新径。陷阱处弥漫着一些警告的气息，所有的树林居民都依靠精明的本能绕了过去，对他们觉得危险但又无法理解的东西置之不理。这条新径在小溪那边又与原先的踪迹会合在一起，沿着它一直走就能到达河边。

我再次仔细检查了陷阱，当然一无所获。这是一种直觉，而不是靠眼睛和耳朵，而且无迹可寻。我在陷阱周围打了一圈结实的木桩，以防粗心大意的小脚踏入陷阱，随后我永远地离开了那里。然而，我并没有触发陷阱的机关，算是对水獭基奥尼克和迷路的印第安人一种简单的纪念。

嗜血者——黄鼠狼卡加克斯

这个故事讲述的是黄鼠狼卡加克斯一生中的最后一天。为了便于更好地隐藏自己的恶行，冬天，他会变成白色；春天，他会变成黄色；夏天，他会变成棕色。

黄鼠狼卡加克斯的巢穴位于被闪电击中的老松树下的岩石中，黄昏时分，他会从巢穴里走出来。当白天和黑夜在树林里跟他相遇时，他总是那么迅速、那么谨慎。漫长而平静的白天，树林居民们已经吃饱喝足，躺在鸟巢或兽穴里享受着悄然而至的阳光；夜间，他们因为饥饿难耐发出了痛苦的哀鸣，所以在夜幕的掩护下他们开始活跃起来。在野生覆盆子灌木丛深处，一只木鸫轻柔地奏响了晚祷钟；在山顶上，一只夜鹰在尖叫着回应，然后轰然落地，因为他发现了地面上成群结队的昆虫。在木鸫附近，一只睡意蒙眬的斑纹花栗鼠坐在一根烧焦的木头上东张西望，而这根木头刚刚被一只熊撕开寻找红蚂蚁；在湖边，一头鹿妈妈带着幼崽从桤木中走出来，他们正在吃着黄色的百合根，啜饮着最

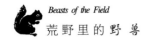

新鲜的水流，发出小心谨慎的扑哧扑哧的声响。到处都是生机勃勃，到处传来喊叫声、吱吱声、唧唧声、沙沙声。只有树林居民才知道如何解读这些声音，也正是这些声音打破了黄昏的寂静。

当湖水、溪流和森林里传来这些声音时，黄鼠狼卡加克斯咧嘴一笑，露出了他所有邪恶的小牙齿。"是我的，通通都是我的——迟早都要进我的肚子。"他咆哮着，眼睛里开始泛起深红色。然后他陆续伸展着自己强壮的爪子，翻了个身，爬上一棵树，从一根摇曳的树枝上跳下来，让自己清醒过来。

黄鼠狼卡加克斯已经睡了好久，有点神志不清。前一天晚上，他从日落到日出都在杀戮，品尝了大量的血已经让他不堪重负，所以他睡了一整天，中间只醒来了一次。因为一只鹧鸪在他巢穴附近鸣叫，将他从睡梦中吵醒，所以他将这只鸟杀死了；但当时他已疲惫不堪，无法捕猎，所以他又爬回了巢穴，也没有吃掉那只鸟，而是把他留在自己的鼓槌木下。现在卡加克斯急于弥补失去的时间，因为对于他而言，没有杀戮就是一种时间的浪费。这就是为什么他在夜以继日地奔跑，不再舔舐猎物鲜血的原因，而且他一次只睡一两个小时的猫觉——时间刚好够为更多的恶行积聚能量。

当他再次伸懒腰时，突然传来一阵狂吠和窃笑，声音来自山上一棵巨大的云杉。红松鼠米科发现了一个新的松鸦窝，为此他欣喜若狂，就像他以前从未见过这种东西一样。如果红松鼠知道有谁在倾听的话，他肯定会不顾一切地冲向安全地带。因为所有的野生动物都害怕黄鼠狼卡加克斯，就像他们惧怕死亡一样。但往往没等野生动物领悟过来，黄鼠狼已经出现在身旁。

黄鼠狼卡加克斯倾听了一会儿，尖尖的脸上露出凶狠的笑容；然后他偷偷地朝着声音走去。"我本想先杀了那些小野兔，"他心想，"但这只愚蠢的松鼠会更好地伸展一下我的腿脚、训练一下我的鼻子、驱赶一下我的睡意。松鼠就在那棵大云杉里！"

黄鼠狼卡加克斯没有看到松鼠，但这并不重要；他用鼻子或耳朵比用眼睛更能找到猎物。一旦确定好地点，他就肆无忌惮地向前冲去。红松鼠米科还在对着那些喋喋不休的松鸦继续窃笑，突然他听到下面树皮上有刮擦的声音，于是转过身，低头一看，惊恐地大叫一声逃走了。这时，黄鼠狼卡加克斯已经爬到了大树的一半，气得他双眼猩红、火冒三丈。

松鼠跑到一根树枝的末端，又跳到一棵较小的云杉上，一直跑到了树顶；然后，他惊慌失措，都忘记了自己轻车熟路的树上通道，而是一跃而起，跳到了足足有五十英尺远的地面上，在下落的过程中他抓住了一个摇曳的冷杉尖，一下子摔了一跤。随后他飞快地跑过原木和岩石，穿过灌木丛，来到一棵枫树下，从那棵枫树上穿过十几棵树，跑到另一棵巨大的云杉上。在那棵大云杉上，他拼命地在纵横交错的树枝上跑来跑去，最后气喘吁吁地倒在一根折断的树枝下的一个小裂缝里。他使劲往裂缝里蜷缩，注视着下面粗糙的树干，眼中充满了可怕的恐惧。

黄鼠狼卡加克斯远远地跟在松鼠的身后，他就像死神一样冷酷无情、阴森恐怖、沉默不语。他既没有注意过米科抓挠的爪痕，也没有观察过摇晃的树枝，也未寻找过米科尾巴上抽搐的红色尖端，也没有听过米科的脚落地时发出的砰砰声。一对勇敢的鹟看到了这场追捕，冲到了共同的敌人面前，用喙猛击黄鼠狼卡加克斯，并发出了一声尖叫，引来了二十多只惊慌失措、叽叽喳喳的鸟儿。但黄鼠狼卡加克斯对此视而不见、充耳不闻。他的整个身心似乎都集中在鼻尖上。他像猎犬一样跟着松鼠来到第二棵云杉的顶端，四处嗅来嗅去，直到闻到了红松鼠米科经过的气味，接着他朝着红松鼠米科的方向跑到一根树枝的末端，然后跳到地上，落在离松鼠刚才落地位置不到十英尺的地方。而后，他找到了松鼠的踪迹，于是沿着原木和岩石找到了枫树下，爬到第三根树枝时，他穿过五十码^①长的间隔树枝，来到那棵巨大的云杉树下；而松鼠正蜷缩在裂缝里，面如死灰地看着他。

这时，黄鼠狼卡加克斯更加谨慎。他非常耐心地从最低处的树枝一直爬到一百英尺高的顶端，沿着踪迹的每一个交叉口和蜿蜒路线，左走右走、上走下走。途中，他停下了十几次，又走了回去，然后又另辟新径，继续往前走。有十几次，他从离松鼠几英尺远的地方经过，并嗅到了松鼠的强烈气味。但黄鼠狼卡加克斯不屑于用自己的眼睛去搜寻，直到他的鼻子完成了完美的任务。他走到刚才的转弯处，跟着刚才米科经过的那根树枝，把鼻子伸到树皮上，直奔那根折断的树枝下的裂缝；而红松鼠米科在裂缝里蜷缩着瑟瑟发抖，他知道自己即将成为黄鼠狼卡加克斯的猎物。

树林里传来一声惨叫，但没有谁理会；一排尖利的牙齿闪过，

---

① 英美制长度单位，1 码约为 0.9 米。

松鼠重重地摔在地上。黄鼠狼卡加克斯顺着树干跑下来，嗅了嗅他的尸体，碰都没有碰，然后向蕨类植物飞奔而去。这是白天，当时他疲惫不堪，所以不想继续捕杀了。

他快走到湖边时，停下了脚步；从枯死的云杉树顶上传来了扣人心弦的歌声，在昏暗的树林上空飘荡。当一只雄隐夜鸫[①]这样歌唱时，他的巢就在下面的某个地方。黄鼠狼卡加克斯开始像一条蛇一样在灌木丛中来回扭动着，突然发现一团树莓藤蔓在摇曳，只有他的耳朵或猫头鹰的耳朵才会注意到这一点，于是他蜷缩着贴近地面，然后抬起了头，眼睛里再次闪烁着猩红的火焰，因为离他的头不到五英尺的地方，有一只隐夜鸫妈妈已在那里安营扎寨。

要悄无声息地爬上覆盆子的藤蔓而不惊扰到鸟儿，这是不可能的；但就在藤蔓后面有一棵被大火烧毁的树木。黄鼠狼卡加克斯悄悄地爬到离鸟儿不远的树上，爬到鸟巢上方的一根树枝上，然后跳了下来。隐夜鸫妈妈正睡意蒙眬地梳妆打扮着，感受着蛋的温暖，聆听着头顶上美妙的歌声，这时，突然遭当头一击——美丽的鸟巢再也不会在暮色中等来孵蛋的妈妈了。

美妙的歌声一直都在荡漾，因为雄隐夜鸫高高地站在枯死的云杉顶上倾吐着心声，丝毫没有听到下面悲剧的声音。

黄鼠狼卡加克斯野蛮地把温暖的身体甩到一边，从末端咬穿了三个鸟蛋，而且希望小隐夜鸫已经成形，然后他跳到了地面上。黄鼠狼卡加克斯只是想尝尝他们的脑髓刺激一下自己的食欲。他蹲在枯叶中听了一会儿头顶上那美妙的歌声，希望光线再暗一些，

[①] 广泛分布在北美的一种夜鸫属鸟类。雄性隐夜鸫的叫声似长笛般悠扬。

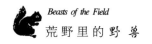

这样雄隐夜鸫就可以下来，而他也能结束自己的野蛮任务，然后溜到小野兔跟前。

他发现了五只野兔，他们藏在一块小开阔地的粗糙遮盖物中。黄鼠狼永远不会忘记发现猎物，所以卡加克斯直奔那里。他故意不紧不慢地且仅咬了一口他们的脊柱，就将野兔一只接一只地杀死了，但他只品尝了最后一只野兔的血。然后，他在仍有余温的野兔们的尸体中扭来扭去，等待着，而他的鼻子朝向野兔妈妈离开的那条小径。他很清楚她很快就会回来了。

不一会儿，他听见她在小径上扑通扑通地跳着，从摇曳的蕨类植物就能锁定她的位置。黄鼠狼卡加克斯在无助的小野兔尸体中间趴得更低了；他的眼睛又泛起了猩红，红得连兔妈妈都看见了，于是她突然停了下来。黄鼠狼卡加克斯笔直地从死去的小野兔中间坐起身来，对着她的脸尖叫着。

这个可怜的家伙一动也不动，她只是蹲在自己的门前，浑身剧烈地颤抖着。黄鼠狼卡加克斯跑到她跟前，竖起后腿，抬起身子，把前爪放在她的脖子上，从他最喜欢的耳朵后面的位置咬了下去。兔子挺直了身子，停止了颤抖。一小滴血顺着两边锋利的牙齿流了下来。黄鼠狼卡加克斯贪婪地舔了舔血滴，急匆匆地走了，生怕喝血会耽误了自己的狩猎。

但他刚进入树林，就肆无忌惮地跑起来，一块巨石旁的

苔藓因为突然的震动也抖动了起来。黄鼠狼卡加克斯像闪电一样跳了起来，接着传来吱吱的惊叫声，但为时已晚。胆小的林鼠图克希斯正在苔藓下挖着双生花根来喂自己的孩子们。她一听到敌人来了，就一头扎进了自己的洞穴，刚好躲过了黄鼠狼卡加克斯的尖牙。

这激怒了那个暴躁的小黄鼠狼，他就像被人戳了一棍子一样。他无法忍受猎物发现了自己的突然袭击，或被听到在树林中奔跑的声响。当他开始疯狂地挖掘时，他的眼睛里燃烧着熊熊怒火。他听到下面传来微弱的尖叫声，以及小林鼠吃晚饭的吵闹声。但在几英寸深的地方，这个洞在一块圆形的石头下有了分岔，然后消失在两个紧靠在一起的树根之间。不管他怎么努力，甚至把爪子都磨伤了，但都没有取得任何进展。他试图把自己的肩膀挤过去，因为黄鼠狼认为自己哪里都可以进去，但这个洞太小了。黄鼠狼卡加克斯怒不可遏地大喊大叫起来，开始追踪。他在洞口和林鼠图克希斯一直在挖根的苔藓之间来回跑了十几次，然后又跑了回来；而后，他确信所有的林鼠都在洞里面，于是就想在顽固的树根之间挖一条通道，而且恨不得把整棵大树挖倒。

林鼠图克希斯在隧道里总会设置这样一个转弯，而且很清楚这样自己才是安全的。他一直蹲在树根下面，两只小眼睛像两颗黑珠子一样死死盯着上面那个野蛮的追捕者，在一种无声的恐惧中倾听着他的怒吼。

黄鼠狼卡加克斯终于放弃了，开始绕着圈子跑。他的脚步越来越远。他一边不声不响地飞驰着，一边把鼻子贴在地面上，寻找其他老鼠来发泄自己的怒气。突然，他发现了一条新的踪迹，

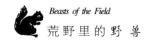
于是径直跑到一块开阔地上，一只愚蠢的田鼠在那里的一些干树枝之间筑了巢。当田鼠妈妈惊慌失措地冲出来时，黄鼠狼卡加克斯迅速将她抓住并杀死了她。然后，他撕开巢穴，杀死了所有的小田鼠。他尝了尝其中一只田鼠的血，接着又踏上了狩猎之路。

但没有抓到林鼠仍然让他恼怒不已、双眼猩红。突然，他转身离开了湖岸的小径，开始往山脊上爬去。他越爬越高，穿过了十几条他通常行走的小径，一直走到倒在山顶附近的一棵大云杉旁边的枯树前，才停了下来，接着蹲在灌木丛里等待着。

在那棵枯树的顶端附近，一对松貂在中空的树干里筑了巢，养育着一窝幼崽，他们像磁铁一样让黄鼠狼卡加克斯垂涎三尺。松貂和黄鼠狼属于同一个家族；因此，为了报复，黄鼠狼卡加克斯宁愿将他杀死。他曾在这个地方蹲守了几十次，等待着机会。但是松貂总体上比黄鼠狼更大、更强壮，虽然他们比较胆小，但在打斗中几乎和黄鼠狼一样凶猛，因此黄鼠狼卡加克斯对他们非常惧怕。

但今晚，黄鼠狼卡加克斯的心情比以往更加糟糕，而且黄鼠狼的脾气总是树林里最恶毒的。他终于偷偷地走上前去，把鼻子贴在倾斜的树底下。在那里，有两条通往外面的踪迹，但是没有返回的痕迹。黄鼠狼卡加克斯沿着踪迹走出了很远，确信两只松貂都出去觅食了；然后，他转身像闪电一样爬上斜坡，跑进了他们的洞穴。

不一会儿，他就从洞穴里出来了，贪婪地舔着嘴角。被松貂妈妈留在洞穴里的幼崽一动也不动了，他们的身体开始逐渐变冷。黄鼠狼卡加克斯跑向大云杉，沿着一根树枝跑到另一棵树上；然后飞快地跳到地面上，接着他沿着长长的斜线向湖边飞奔了整整半个小时，在小径上留下了纵横交错的足迹。

他的夜间狩猎又一次上演了，他比以前更加兴奋。因为他现在饥肠辘辘，所以他用灵敏的鼻子嗅着每一条踪迹。一股淡淡的气味使他停住了脚步，这种气味非常淡，连鼻子最敏锐的狗或狐狸都会毫无察觉地走过——那是正在孵蛋的鹧鸪妈妈的气味。她就坐在一棵松树的树根中，紧挨着树根和棕色的针叶完美地融合在一起。黄鼠狼卡加克斯像影子一样向前移动，他的鼻子嗅到了那只鸟；她还没来得及跳出来，他就扑到了她的背上了，用牙齿执行了罪恶的屠杀。他又一次津津有味地品尝着新鲜的脑髓。所有的蛋都被他打碎了，这样别人就不会从他的狩猎中获利，然后他又继续去狩猎。

在一片潮湿的地面上，在一株铁杉下，他发现了一只流浪的野兔留下的新踪迹，这不是一个头脑简单、毫无戒备的母亲回到孩子们身边的痕迹，而是一个高大、强壮、多疑的家伙，而且他知道逃生的技巧。黄鼠狼卡加克斯仍然精力充沛、跃跃欲试，因为这是可以伸展肌肉的游戏。当他沿着那条踪迹蹦蹦跳跳地前行时，他的眼里又燃起红色的杀戮欲望。

由于两条踪迹间隔得很远，很快他就知道兔子受惊了。现在气味越来越大了，他可以在空气中就能闻到，而不需要

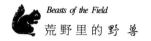

把鼻子贴在地上去嗅。

突然，前面的灌木丛中响起了一阵巨大的骚动，片刻之后，又恢复了平静。兔子一直待在那里，盯着自己背后的踪迹，想看看紧跟其后的是什么东西。当他看到黄鼠狼卡加克斯的红眼睛时，他就拼命地逃跑了。因为愚蠢的兔子能比后面的追赶者跑得更快，所以跑出几百码后，他又窜进灌木丛里去查看黄鼠狼是否还在后面追赶自己。

黄鼠狼卡加克斯一声不响地紧随其后。兔子又一次蹦蹦跳跳地跑开了，结果发现了自己之前的踪迹，只好心惊胆战地停下来，这时黄鼠狼那闪闪发光的红眼睛近在眼前。于是，兔子在灌木丛、断树枝和沼泽地里跑了半个小时，直到黔驴技穷，开始疯狂地绕着小圈跑。黄鼠狼卡加克斯转过身，沿着背后的踪迹跑了一小段，随后蹲在地上。

过了一会儿，兔子沿着自己的踪迹飞奔而来，直奔蕨类植物丛下面的黄棕色圆球。黄鼠狼卡加克斯一直等到即将被野兔撞倒时，他才跳起来大声地尖叫起来，追逐就这样结束了。那只野兔刚扑倒在他的前爪上，黄鼠狼卡加克斯就跳到了他的头上，用牙齿紧紧咬住猎物。饥饿向他袭来，他贪婪地喝着血，直到肚子饱饱的。

有一段时间，他越来越迷恋追捕。他比以往更热衷于杀戮，于是沿着一条新的踪迹飞奔而去。但很快，他的狂热开始衰退，因为他的脚步越来越沉重，这让他非常自责，于是就躺在地上睡一觉来缓解自己的疲惫。

远远地，在他身后，位于鹧鸪巢穴旁边的松树下，一个长长的黑影似乎从地面上掠过。一个尖尖的鼻子到处碰触着树叶，鼻子上方长着一对凶猛的小眼睛，像黄鼠狼卡加克斯的眼睛一样发出猩红的光芒。然后，黑影来到了鹧鸪的巢穴，当他经过巢穴时，他没有在意破碎的鸟蛋和死鸟的气味，只注意到了黄鼠狼卡加克斯的气味，然后消失在踪迹上的灌木丛中。

黄鼠狼卡加克斯惊醒后又继续奔跑。一只大牛蛙在岸上呱呱地叫着。黄鼠狼卡加克斯偷偷接近他，并结束了他的生命，而且把他的尸体遗留在睡莲叶下一口未动。灌木丛中的一棵枯死的松树引起了他的怀疑，他飞快地爬上去，发现了一个新的圆洞，而且碰巧发现了一只啄木鸟妈妈和一窝雏鸟。他把他们都杀死了，接着在树上搜寻啄木鸟爸爸——一只巨大的黑色啄木鸟，他的纹身让荒野为之震撼。但是，啄木鸟爸爸听到树皮上有爪子抓挠的声音后，便飞到了另一棵树上，在黑暗中跌跌撞撞地走着，引起了巨大的骚动，但他并不知道是什么东西惊扰了自己。

夜幕降临了，黄鼠狼卡加克斯在每一片灌木丛中展开了杀戮，但他从不知满足。他非常怀念那个寒冷的冬天，那时猎物稀少，他可以穿过雪地来到居民区，住在鸡舍里。"一个窝里有二十只大母鸡——杀得真过瘾！"黄鼠狼卡加克斯凶狠地咆哮着；同时，他的爪子伸进一个巢穴里掐死了两只小苍鹭，而他们的妈妈就在不到十码远的百合花丛中继续啄着青蛙，丝毫没有听到一点沙沙声。

第二天早上，他转身回家，沿着自己巢穴所在的山脊顶绕了一圈，边走边猎杀。他吃得太多了，他的脚步比以往更加沉重了。他不得不再睡一整天，想到这他就愤怒不已。当荒野刚刚开始生

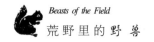

机勃勃的时候，他却要睡上一整天，黄鼠狼卡加克斯对此怒不可遏。

当洞穴里的一只兔妈妈被黄鼠狼邪恶的眼睛发现时，她就从洞穴里窜了出来。黄鼠狼卡加克斯杀死了两只幼崽，又开始追赶兔妈妈，突然，卡加克斯浑身一颤，接着转过身去倾听。他的步伐不自觉地慢了下来。有好几次，他觉得自己被跟踪了，于是不停地回头看。他蹑手蹑脚地回到了兔子的洞穴旁，躲了起来，看着自己身后的踪迹。"如果他不比我强壮的话，那么他就不会跟踪我的。"黄鼠狼卡加克斯想到这，又感到心惊胆战，因为他害怕被猎杀。他还记得貂窝、被勒死的幼貂，还有那棵倾斜的树上留下的两条踪迹。"他们肯定早就回来了。"黄鼠狼卡加克斯心想，然后飞奔而去。此时，他的后背像冰一样冰冷刺骨。

但在黄鼠狼卡加克斯到达洞穴之前，他的脚步变得非常沉重。这时候，湖对岸的山上开始出现微弱的光亮。白喉麻雀基洛莱特看见了光亮，开始放声歌唱，那清脆的晨歌在黑暗的灌木丛中叮当作响。黄鼠狼卡加克斯的眼睛里又泛起了猩红，他偷偷地朝声音走去，准备最后一次杀戮。小麻雀的脑髓是一道美味的佳肴，他得吃饱喝足，因为他必须要睡一整天。他找到了麻雀的巢穴，他把前爪搭在那棵树上，但突然摔倒了，所以他浑身开始颤抖。就在下面，从黑暗灌木丛中的一根树桩上传来一声深沉的呜——呜——呜——呜的声音，震惊了整个树林。

大角猫头鹰库库斯库斯通常只在黄昏时分出来捕猎，但随着幼鸟的成长，猫头鹰库库斯库斯有时也会在黎明时分出来觅食。黄鼠狼卡加克斯像石头一样静静地趴在那里一动也不动。在他上

两只强劲的弯爪从阴影中飞扑而下

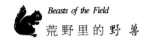

方的麻雀嗅到了危险的气息，使劲蜷缩在窝里，纹丝不动，以免被猫头鹰发现。

在他身后，就是从鹧鸪巢穴上掠过的那个黑影，用凶狠的红眼睛看着兔子的身影。他沿着黄鼠狼卡加克斯的踪迹越过母兔的足迹，转过身来，嗅了嗅地面，然后沿着山脊悄悄地赶了过来。

黄鼠狼卡加克斯悄悄地从灌木丛中爬了出来。此时，他非常害怕自己的脚，因为他喝了很多血，所以双脚会在树叶上沙沙作响，或者在石头上刮蹭。他的脚步整夜都悄无声息地移动着，但却被猫头鹰听得一清二楚。猫头鹰现在就在他的巢穴附近，而且他能看见那棵被闪电击中的老松树——高出黑暗的云杉，高耸入云。

深沉的呜——呜——呜！又响彻了整个山坡。黄鼠狼卡加克斯对自己的猎杀感到洋洋自得，但在他心惊胆战的时候，死亡就成了可怕的指控："谁明明肚子不饿却还要去猎杀？谁勒死了一只正在孵蛋的鸟妈妈？谁残害了自己的亲人？"雷鸣般地在树林里回荡。黄鼠狼卡加克斯急忙跑向自己的洞穴。他的后脚碰到了一根本该清理的烂树枝，树枝啪的一声断了。刹那间，一个巨大的影子从树桩上掠过，在声音上方盘旋。两只凶猛的黄眼睛死盯着黄鼠狼卡加克斯，而黄鼠狼卡加克斯蜷缩着并试图躲到一棵冷杉树下。

猫头鹰发现了黄鼠狼卡加克斯，两只强劲的弯爪从阴影中飞扑而下，这时黄鼠狼卡加克斯在地面上回旋着。黄鼠狼卡加克斯猛的一声怒吼，跳了起来，牙齿猛咬过去，但却没有出现血迹，只有柔软的棕色羽毛在飘动。然后，一对锋利的爪子抓住了黄鼠狼卡加克斯的头部，接着又抓向他的背后深处。黄鼠狼卡加克斯被迅速抛到空中，永远结束了自己的恶行。

当猫头鹰库库斯库斯的影子掠过他的巢穴时，灌木丛中传来轻微的沙沙声。松貂那长而柔韧的身躯径直溜向杉木下面，就是黄鼠狼卡加克斯刚才的藏身之地。他的动作敏捷、安静而谨慎；他的眼睛像两颗红宝石，在抽搐的鼻孔上方闪闪发光。他在踪迹的尽头迅速地打了一个转。他的鼻子碰到了一根棕色的羽毛，接着碰到了另一根；他又偷偷溜回到了杉树底下。一滴血正慢慢地浸入一片枯叶中。貂把鼻子伸进去嗅了很久，眼里闪烁着光芒；然后，他抬起头，凶狠地叫了一声，沿着来时的踪迹溜走了。

驼鹿的召唤

荒野的午夜里，姗姗来迟的月亮缓缓地爬上了山脊东侧的上空；几分钟后，一棵高大的松树和数百棵云杉的尖顶在灰蒙蒙的背景下格外显眼。银色的光线从常青树顶上悄然飞驰而过，让长长的黑影在它面前蔓延，然后洒落在森林湖泊沉睡的水面上，闪闪发光。光滑的水面上没有一丝涟漪，寂静而清冷的空气中也没有麝鼠泼溅或鳟鱼跳跃的声响，寂静的森林里也没有传来野兽或鸟儿鸣叫的回音。大自然似乎停止了运转，因为她的生命被十月的寒夜封冻起来，所以无法诉说她的痛楚。

刚才，小湖上还一片漆黑，静止不动，就像山间的一口大井，只有闪烁的星点在水面若隐若现。此时，靠近东边湖岸的一个绿草如茵的湖湾里，一个黑暗的物体静静地躺在湖面上，露出水面的一边灰蒙蒙的无法看清，而两端都是一团漆黑。月光越来越亮，它看起来像是人的头部和肩膀，在我们面前的原来是一艘乘坐着两个人的独木舟；但是船一动也不动，悄无声息，直到现在我们还以为它是远处湖岸的一部分。

从船尾传来声响，一声可怕的吼叫声突然打破了深沉的寂静：呜——哇！呜——哇！呜——哇！哇——嗒！吼叫声很快产生了回响，惊慌失措地在湖面上来回荡。当它们消失在山间时，独木舟上传出一种声音，好像一只动物在浅水中行走的声音，扑通，扑通，扑通，噗嗤！随后声音再次戛然而止，他没有离去，而是在倾听。

半个小时过去了，但湖面上的紧张气氛一丝未减。然后，响亮的吼叫声再次响起，尽管我们正在聆听，但还是被吓了一大跳，而且回声也再次响起来。这一次，紧张气氛增加了百倍，每一根神经都紧绷起来，每一块肌肉都蓄势待发。回声刚消失，就从远处的山脊上传来了一声可怕的吼声，像枪声一样响彻了整个树林。他又来了，而且越来越近了！在独木舟里，桨叶从船尾无声地触着水，而在船头上方，一支步枪的枪管在月光下闪闪发光。最后，在一座低矮山脊的山顶上，吼叫声此起彼伏。枝条噼啪作响，大树枝喀嚓断裂。强壮的鹿角在灌木丛中隐约闪现，沉重的鹿蹄踩踏着地面；一头庞大的公鹿像暴风雪一样横冲直撞，越来越近，越来越近，直到他猛烈地冲破最后一片桤木丛来到草地的边缘。然后，一支步枪的隆隆声响彻了惊愕的湖面。

这就是驼鹿的召唤。

捕猎者一开始总是模拟母鹿的叫声—— 一种爆炸性的吼叫（难以准确地描述）。在听到这种吼叫声之前，我经常请教印第安人和捕猎者母驼鹿怎么叫。答案令人相当不满意。"就像一棵大树倒下的声音。"有人说。还有人说："就像夜间突然涌出的瀑布

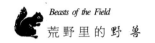

声。"第三个人说:"就像是步枪射击的声响,或是一个人嘶哑的喊叫声。"等等,而我认为它就像野生动物进食时发出的声音。

一天晚上,当我和朋友疲惫不堪地坐在树皮帐篷的门口,默默地吃着迟来的晚餐时,附近鲑鱼池的翻滚声和晚风中云杉的叹息声让我们昏昏欲睡,突然一个声音响彻了森林,接着消失了。不可思议的是,我们俩异口同声地喊出了:"是驼鹿"。我们以前都从未听到过他的叫声。我反复倾听了多次之后,认为他的叫声很像"雾中的枪声",但是这个比喻与实际的叫声出入较大。刚开始听见这个声音时,捉摸不定。后来,反复听过之后,这个叫声就比较清晰了,就像我形容的那样像"雾中的枪声"。

公鹿的叫声各不相同,但差别不大:是一种短促、嘶哑、咕噜咕噜的吼声;近在咫尺时声音非常难听,且能确凿无疑地听出他此时的心情。有时,当公鹿胆怯地躲起来时,尽管他悄无声息,没有暴露自己的行踪,但是猎人认为他就在附近倾听,于是就用公鹿短促的吼声回应着母鹿的吼叫,同时边用脚踩断树枝,边用棍子抽打灌木丛。如果公鹿发出了回应,这时一定要当心,因为他醋意大发、恼羞成怒,所以从隐蔽处跳了出来,直奔对手。一旦以这种方式被唤醒,他会不顾一切地往前冲,所以在他到达猎人隐藏的灌木丛之前,猎人必须眼疾手快,竭尽全力将他拦下。

召唤用的喇叭是一片桦树皮,卷成圆锥状,光滑的一面在里面。它有十五或十六英寸长,宽的一端直径约为五英寸,窄的一端直径约为一英寸。右手弯起来握住窄小的一端,作为话筒,通过这个话筒就可以发出咕噜声、吼叫声和咆哮声,同时摆动喇叭的开口,以模仿母鹿特有的颤音。如果公鹿靠近但疑虑重重时,就将喇叭口贴近地面来减弱声音。对我来说，这种方式能更准确地模仿他的真实叫声。

要成功召唤驼鹿，必须同时满足许多条件，因为驼鹿靠近时非常谨慎，所以猎人发现他的可能性非常渺茫。年长的公鹿能避开猎捕，而年轻的公鹿惧怕老猎手的诱捕。一生中只有一次见到过驼鹿，那是远在没有猎杀驼鹿的文明地方，一头毫无畏惧的野生老驼鹿会迅速响应你的召唤。在这里，人们永远无法确定他们的呼唤会得到什么样的回应，结果或许让人兴奋不已，或许让人危机四伏。

为了说明召唤的不确定性，作者非常自豪地回忆起他的第一次尝试，而且这次成功的尝试有点让人不可思议。在一个位于新不伦瑞克省北部、远离定居点的湖上，一天晚上，当我钓鱼回来的时候，我听到一头母鹿在我上方的山脊上吼叫。山脊的底部延伸出一个湖湾，岸上绿草如茵，在进入湖中的地方非常狭窄，但紧接着扩大到五十码宽，向前延伸了半英里，随后与一条从山间一个较小湖泊哗哗流下的小溪相遇。这一切让我记忆犹新，我觉得这是狩猎时召唤驼鹿的理想地点。

第二天晚上，当我独自在小溪里钓鱼时，我又听到那只驼鹿在同一个山脊上吼叫。出于好奇，我决定模仿一头年长的公驼鹿，试着对她吼上一两声。我从没有听到过母驼鹿的回应，那时我十分确信公鹿就在附近。我不擅长召唤驼鹿，所以在随行的印第安人的教导下，我练习了两三次；他坦率地告诉我，不经常听到驼鹿叫声的人可能会把我误认为是一只驼鹿。这是一个进行更多练习和调整的机会。如果召唤声惊扰了驼鹿，那也无伤大雅，毕竟

可能有人会把我误当成驼鹿

我们不是在狩猎。

我把独木舟靠到了岸边，停在驼鹿叫过的地方，从一棵小桦树上剥下树皮，把它卷成喇叭，站在绿草如茵的湖岸上，很快连续发出两三声公鹿般低沉呼噜声。效果立竿见影，从山脊的顶端，离我站的地方不到两百码远的地方，一头公鹿从树林里向我发起了愤怒的挑战。然后，他好像一台蒸汽机一样全速冲出了灌木丛。在几秒钟内，停在岸边一动不动的独木舟就驶入了深水。过了一会儿，一头公鹿从桤木的边缘跳到了开阔的湖岸上，牙关紧咬，咕噜咕噜地叫着，狠狠地跺着地，用大鹿角撞击着灌木丛——这是一幅人们在树林中看到的凶险画面。

没有看到他的对手，他似乎感到困惑不解，于是沿着河岸飞快地跑了出去，然后又转过身来摇摇摆摆地回来了，同时发出嘶哑的挑战声。这时，独木舟在缓慢的水流中摇摆着；我再次将独木舟停下来，这个动作引起了驼鹿的注意，他第一次看到了我。不一会儿，他走下湖岸进入浅水中，用蹄子敲打着，像一头愤怒的公牛一样上下摇晃着他的大脑袋。幸好水很深，他没有试图游过去；因为独木舟里没有任何武器。

当我开始朝湖边划去时，我摇着桨朝公驼鹿的方向泛起了水花，这让他怒不可遏，于是他沿着湖岸跟着我，继续进行威胁性的示威。在我意识到危险之前，在靠近湖边的地方，他突然往前一跳，来到了独木舟前面的狭窄开口处，于是我就被困在了那里。

当我终于脱身时，天已经黑了。我尝试了半个小时后才发现，要想在狭窄的开口处摆脱这只危险的野兽是不可能的。黄昏时分，我把独木舟掉过头，缓慢地划了回来；驼鹿也离开了原来的位置，

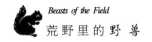

像以前一样沿着湖岸跟着我。在一个小湖湾的上游,我划着独木舟向岸边靠去,等着他转过来;当他快到我跟前时,我又退回了深水中。泛起的水花似乎激怒了这个畜生,所以当我继续划着桨,泛着水花时,他怒不可遏地往深水走去,想要用鹿角撞击那艘惹人生气的独木舟。当他不想再往前走的时候,我突然挥动独木舟,飞快地向那个开口划去。在他明白这一招之前,我已经顺利地启程了;但我从未回头去看他是如何爬上湖岸,并绕着小湖湾兜圈的。当独木舟冲进开口时,身后传来鹿蹄使劲踩踏湖水的声音,让人胆战心惊;独木舟在开阔的水面上转了一圈,泛起最后一团水花,我划着桨,大笑了一两声,这时公鹿仍站在开口处,生气地摇晃着鹿角,咬牙切齿。我就这样离开了他。

召唤驼鹿的季节很短暂,从九月初开始,一直持续到十月中旬。偶尔公驼鹿最晚会在十一月做出回应,但这是不同寻常的。在召唤季节,首要的条件就是要找一个完全寂静无声的夜晚。公鹿听到叫声时,通常会悄无声息地靠近。不可思议的是,当这个庞然大物在树林中缓慢地移动时,不会发出任何声响。然后,他会绕行一圈,直到完全绕过他听到呼唤的地方。如果有一丝风吹草动,他就会嗅到危险,然后消失得无踪无影。在寂静的夜晚,他那喇叭形的大耳朵异常敏锐。只有猎人保持绝对的安静才能确保成功。

　　另一个同样重要的条件是月光。驼鹿有时在黄昏前和日出前发出鸣叫，但公鹿在这种时候更为警惕，非常不愿意在开阔的地方露面。夜晚虽然遮盖了他的极度警惕，但他会更快地做出反应，否则就会被猎杀。只有在明亮的月光下，才能确保步枪射击的准确性。在星光下进行尝试，只会让猎物受到惊吓，或者自己可能会遇到危险。

　　到目前为止，如果是在驼鹿之乡，最好的召唤地点是在某个安静的湖泊或河流的独木舟上。在两个开阔的河岸中间选择一个地点，而且两个河岸之间的距离尽可能近一些，这样无论公鹿在哪一边回应，独木舟都可以静静地退到对岸的阴影中。猎人们蹲在那里一动不动，直到他们的猎物在月光下的开阔河岸上清晰可见。

　　如果猎场附近没有水，那么一个开阔地带中间的灌木丛就是适合召唤的最佳场所。这样的地方只有在北部大荒野中没有任何树木的平原上才能找到。毫无疑问，有灌木丛的地方曾经是覆盖平原的古老湖泊中的岛屿。在这里，猎人在日落时分收集了一堆取暖用的干苔藓和冷杉树梢，并把不辞劳苦地从营地带来的厚毯子铺好；因为没有了毯子，对于一个既不会生火也不能走动取暖的人类来说，秋夜的寒冷是无法忍受的。当公驼鹿从这样一个地方听到召唤时，他通常会绕着周围森林边缘的荒原地带转一圈，除非他醋意大发、怒不可遏，否则他很少会冒险进入开阔地的深处。无论何时、何地，驼鹿对开阔地都会心存恐惧。他是一种森林生物，除非在森林的保护范围内，否则他永远都会感到惶恐不安。

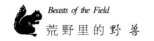

一年秋天，一名旅行家跟随我的印第安导游米切尔在一片荒原上打猎时，发生了一件激动人心的事情。一天晚上，他在一片荒原中央附近的灌木丛中召唤驼鹿。虽然他确信附近有一头公驼鹿，而且就在森林黑暗边缘的某个地方，但他反复的召唤并没有得到回应。他正想试试公驼鹿的吼叫声时，突然一头公驼鹿从他们身后的树林里冲了出来，与他们预想的猎物隐匿处的方向正好相反。回声刚一响起，他们前方就响起了第二声异常尖锐的挑战；他们看到，就在空地的正对面，森林边缘的灌木丛在剧烈地摇晃着，肯定是他们一直怀疑的那头公驼鹿在愤怒地发泄。然而，驼鹿移动得很慢，于是米切尔飞快地跑进了灌木丛；过了一会儿，米切尔兴奋地用嘘嘘声把同伴喊了过去。第二头公驼鹿从森林的另一边跳了出来，正朝他们直扑过来。

他们蜷缩在冷杉丛中，等待着驼鹿扑过来。事后，米切尔向我承认，他时常会胆战心惊地向后瞥一眼，并有一种深陷困境、担惊受怕的不适感。他把枪留在营地里了，因为他的雇主坚持要这样做，而且他急于要亲手杀死那只驼鹿。

驼鹿很快进入了步枪射击范围内。再过一分钟，驼鹿就会到达他们的藏身之处；这时，就在他们身后，似乎就在灌木丛的边缘，有人正通过步枪瞄准镜尝试对准一个关键点。突然，一声可怕的吼叫和猛烈的蹄声把他们吓得站了起来。一秒钟后，步枪躺在灌木丛中，一个惊慌失措的猎人正在一棵矮小的云杉的树枝间拼命地乱抓乱撞，好像只有树梢才是最安全的。米切尔不见了踪影，除非有人有猫头鹰的眼睛才能在一棵倒下的松树根部找到他。

但是第一只驼鹿既没有抬头看，也没有低头寻找，而是径直

穿过了灌木丛；在荒野上，一场激烈的搏斗开始了。一
阵混乱的喧闹声传来，凶猛的呼噜声、碰撞的鹿
角声和嘶哑而粗重的喘息声；他们打斗得
难解难分。突然，一个黑影从树根间
爬了出来，在灌木丛下伸直身子，
小心翼翼地凝视着在不到三十英尺
远处打斗的野兽。米切尔两次发出
嘘声，要求他的雇主趴下身子；但
是，他却安全地跨上一根可以承受他
重量的最高的树枝上，显然他已经无心好
好观看这场打斗了。米切尔在灌木丛中找到了
那把步枪，等公驼鹿退后准备发起猛烈的冲锋
时，他从身后杀死了那头体格较大的公驼鹿。第二头公驼鹿昂着
头，浑身颤抖，吓得魂飞魄散，然后飞奔穿过平原，进入了森林。

　　这种遭遇常常被认为是荒野的悲剧。在树林中漫步时，有
时会看到两只紧紧扣在一起的巨大鹿角，而他们的白骨已被饥饿
的流浪者捡得干干净净。所以，没必要对他们的故事进行书面叙
述了。

　　有一次我看到了一场结果不同的决斗。我听到一阵可怕的喧
闹声，于是蹑手蹑脚地穿过树林，想独自一人观看一场野蛮的荒
野奇观。两只年轻的公驼鹿正在一片开阔的林间空地上拼命地扭
打着，我没有发现任何搏斗的缘由——也许只是因为他们都非常
强壮，而且因自己的第一只大鹿角而感到自命不凡。

　　但事与愿违，那里并非只有我一个人。一大群交嘴鸟猛扑到

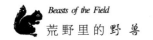

云杉丛中，他们惊愕地停止了飞行。公驼鹿在互相顶撞着，十几只红松鼠幸灾乐祸地窃笑着、吠叫着。当恶作剧发生时，红松鼠米科总是非常幸灾乐祸。一只罕见的森林乌鸦在高高的头顶上盘旋着，他的头部使劲弯曲向下俯看。灰噪鸦兴奋不安地从树上飞进了灌木丛。黄鼠狼卡加克斯也改道去猎捕野兔了。就在我旁边的杉木树梢下，林鼠图克希斯忘记了自己对猫头鹰、狐狸以及其他敌人的恐惧，在光天化日之下坐在自己的巢穴旁，紧张不安地揉搓着胡须。

我们就这样一直观看着，直到占下风的那头公驼鹿退到了我身边，并嗅到了我的气息时，战斗才画上了句号。

建造师——河狸

一天黄昏，在荒野中，一种奇怪的野生动物向我袭来。时值仲冬，积雪很深。我独自坐在一棵倒下的大树上，等待月亮升起，这样我就可以沿着模糊的雪鞋痕迹找到露营地。那天我跟踪驯鹿走得太远了，结果迷路了；我只好借着月光，凭着感觉沿着自己的踪迹往回走，这时温度已经迅速下降到了零下二十摄氏度。

树林里几乎看不见暮光，再过十分钟，天就黑了；我多希望自己现在有一条毯子、一把斧头，这样我就可以在原地安营扎寨了。这时，一个灰色的影子从树上悄悄地向我走来，那是一只加拿大猞猁。我的手指紧紧地抓住步枪，当我看到他那双凶猛的黄眼睛时，右手的连指手套似乎要脱落了下来。

但是他的双眼根本没有盯着我看。的确，猞猁没有注意到我。

他鬼鬼祟祟地移动着，只见他身体紧贴着雪地，耳朵向后倾斜着，短尾巴紧张地抽搐着；他正全神贯注、紧张不安地盯着我身后远处荒原上的某个东西。我想要他美丽的皮毛，但我对他的目标更感兴趣，所以我静静地观察着。在荒原的边缘，他蜷缩在一棵矮小的云杉下，在雪地里蜷缩了一两下，让自己埋得更深一点，直到站稳了脚跟；他的双眼猩红，强壮的肌肉抖个不停。

然后，他猛地向前扑去——在飞雪中，他一连跳了十几下，最后尖叫着落在一个河狸洞穴的土丘上。他在上面跳来跳去，愤怒地摇晃着一只想象中的河狸，发出一声毛骨悚然的尖叫。他平息了眼里的愤怒，但取而代之的是一种不同的情绪。他把鼻子伸到土丘上的一个小洞里，嗅了好久，同时他的整个身体似乎都在膨胀，因为温暖而诱人的气味涌入了他饥饿的鼻孔。随后，他垂头丧气地摇了摇头，走开了。

而这一切纯粹是他的表演。猞猁最喜欢河狸肉；毫无疑问，这家伙在丰收的秋天，趁着河狸们修筑水坝、建造洞穴的时候，已经猎捕了不少河狸。当他夜间穿过树林追捕野兔时，饥肠辘辘的他又想起了河狸。他很清楚河狸现在是安全的，因为几个月的严寒使他们洞穴厚厚的泥墙像花岗岩一样坚固。然而，他还是去了，假想着自己抓到了一只河狸，并回味着在十月份吃的最后一顿丰盛的大餐。

在荒野的中心地带，一切是那么神奇美妙、出乎意料，所以我完全忘记了我的初衷是猞猁的皮毛。因为肚子也饿了，所以我去闻了闻那个小洞，里面闻起来很不错。我记得有一次吃到了河狸，而且让我回味无穷。我在河狸巢穴之间走来走去，每个土丘上都有猞猁的足迹，有的是新近留下的，有的是以前留下的；而且雪地上还有一个扁平鼻子留下的印痕。显然，他经常来这里吃美味佳肴。我看着他走过的踪迹，开始为他感到遗憾，因为就在离我两英尺远的地方，就有一群河狸肯定正在安然无恙、舒舒服服、放心大胆地倾听着外面奇怪的脚步声。这是确凿无疑的，因为他们是荒野中最有趣的生物。

我们大多数人对河狸的了解主要来自一个比喻。"像河狸一样兢兢业业"或"像河狸一样忙得焦头烂额"是一个名副其实的谚语。这个谚语中大约有三分之一是真实的，所以这句谚语还是言之有理的。在冬天，至少有五个月的时间，河狸除了睡觉，就是吃饭和取暖，所以"懒得像只河狸"也是个比较贴切的比喻。夏天只是一个漫长的假期，河狸们会像蟋蟀一样快乐，从早到晚都无心工作。当积雪融化之后，溪水清澈见底，鸟儿的鸣叫声传进了河狸的耳朵，他就从回家的黑暗通道中爬上去，忘记了所有已养成的习惯，加入了辉煌灿烂的大自然。这个曾经为河狸遮风挡雨、抵御严寒、经过精雕细琢甚至连狼獾都望而却步的洞穴，但是现在却空空如也；然而，水獭却把它作为河岸上的洞穴或是偶尔的住所，他可以避开阳光在里面安然入睡。河狸辛勤劳作了无数个夜晚建造的大坝，现在却任凭洪水的冲刷或独木舟人斧头的摆布；而之前，聪明的河狸不会容忍大坝的裂口和渗水，无论是在秋天还是冬天，他都会像闪电一样赶去补救。

整个漫长的夏天，他都与以实玛利[①]的部落成员为伍，随心

---

① 根据《圣经·创世纪》记载，以实玛利是亚伯拉罕的庶子，后被亚伯拉罕遗弃，因此他的名字以实玛利就成了"弃儿"的代名词。

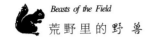

所欲地在湖水和溪流中游荡。好像他因为整个冬天都被困在狭小的洞穴里，所以一定要出去看看世界。就连河狸生活中最在乎的东西——牢固的家庭纽带也暂时松懈了。河狸在春天破穴而出时，每一个家庭群体都已经五世同堂了。首先，有两个年长的河狸，他们是家族的首领和绝对的统治者，也是大坝和洞穴的缔造者和自始至终的维护者。其次，是河狸宝宝，他们体形没有麝鼠大，皮毛如丝绒。刚出世时，他们总是睁大眼睛看着眼前奇妙的世界。长到一岁和两岁时，他们会活蹦乱跳、兴高采烈，就像刚放学的孩子们；他们总是调皮捣蛋，必须得有人看管，而且偶尔还会相互撕咬。再者，当河狸长到三岁时，他们就会离开这个族群，各奔东西寻找伴侣。因此，他们在漫不经心的夏日旅行中度过了漫长的日子；当有人在荒野中寻找自己夏天的露营地时，就会遇见游荡的河狸，而且会对他们产生好奇和同情之心。同样，他们也是露营者，在阳光明媚的湖边和桤木环绕、鳟鱼出没的小溪边搭起帐篷，永远贴近大自然的心灵，就像爱自己一样，热爱无拘无束、自由自在的生活。

但是，当白天变得短暂而寒冷时，黄莺的悦耳歌唱被途经的大雁的鸣叫声所取代；当野鸭聚集在湖里时，河狸已经归心似箭了，而且很快，他就顺从了自己的内心。九月，他们再次聚集在旧水坝周围，年长的河狸首领脑袋里装的都是如何修复水坝、建造新的巢穴以及储备过冬的食物等诸如此类的事情。成年雄性河狸把他们的配偶带回了老巢。而雌性河狸也已经在其他家庭群体中找到了立足之地。这时河狸开始忙碌起来。

河狸关心的首要事情是在河对岸建一座坚固的水坝，这样他就会有一个水很深的池塘，因为我们知道河狸打算整个冬天都把自己囚禁在巢穴里；而且他很清楚，一旦雪花飘落他在陆地上就不安全了。一些游荡的猞猁或狼獾会发现他的踪迹并跟踪他，而他要逃到水里的道路会被厚厚的冰阻断；所以他计划建造一个坚固的洞穴，除了中间有一条穿过堤岸通向人工水塘底部的隧道外，没有任何入口。一旦这个水塘结了冰，他就出不去了，直到春天的太阳将他释放出来。但他喜欢一个大水塘，当他下来进食时，可以在水下锻炼一下；他还希望这个水塘很深，这样就能确保即使在最严寒的冬天，他也不会被禁锢在洞穴里；更重要的是，河狸把食物都储存在水塘底部，他从来不会将食物储藏在浅水里，否则在严冬里食物就会被冰封冻起来，那么河狸就会在囚牢里忍饥挨饿。十到十五英尺的深度通常就能让他们高枕无忧了；但是，要达到这样的水深，尤其是在浅溪上，需要付出大量的工作才能建造一座巨大的水坝，更不用说前期规划了。

　　河狸的水坝通常结构坚固，由原木、灌木、石头和浮木搭建而成，再用桤木杆紧密地将它们串联在一起。一年夏天，我在一条陌生的小溪上划着独木舟，在不到五英里的范围内就遇到了十四座水坝。我和印第安导游用斧头开辟了两条通道，但是其他的水坝都坚固无比，我们只好从独木舟上下来，推着它前行。当

繁重的工作

一个河狸群落多年来一直占据着一条溪流而没有受到干扰时，水坝就会像这样非常密集。第一座水坝上方的木料已被砍断，这样它们就可以顺流而下；因为河狸总是在水坝上方的河岸上砍伐，这样水流就可以为他们完成运输工作。有时，当岸边的情况不允许建造池塘时，河狸就会紧挨着建造三四个水坝，而且一个水坝的回水会到达上面的水坝，就像运河上的一系列水闸一样。这是为了群落成员都能聚集在一起，同时也为玩耍和储藏提供了空间。

对于河狸在选择筑坝地点时所表现出的智慧，存在着最大的意见分歧：一位观察者认为这是河狸的高超技能、聪明才智和逻辑推理的结晶；另一位则认为，将溪流中随处可见的材料堆积在一起只是一种本能的随意发挥。我在荒野中见过大约一百座不同的水坝，几乎所有的水坝都经过了精心加工。偶尔，我会发现一个粗枝大叶的作品，在一条小溪最宽的地方，在它的上方或下方，用两三英尺长的桤木灌木丛和砾石修建了一座仅有四分之一长的水坝，这可能会给河狸们更好地提供用水。然而，不得不说，对于建造者来说，也许他们已经找到了更好的土壤来挖掘通道，或许他们在自己的水坝附近找到了一个更方便的地方来建造洞穴，或许他们比批评者更清楚自己想要什么。毫无疑问，年轻的河狸经常会出现失误；但我认为，通过对许多水坝的研究，他们会受益匪浅，并且会把水坝建造得更完美。总的来说，他们的失误与人类建设者的失误旗鼓相当。

有时，水坝对他们来说毫无用武之地。因为地点选择得不合适，上面的堤岸太低，受困的水会涌到了水坝的上方，把水坝冲毁。他们会立刻将水坝修筑得更长；但是，水再一次冲毁了他们的劳动成果。因此，他们继续反反复复地修补一个永远无法完工的水坝，直到霜冻来临，他们必须去砍木头了，所以急匆匆地将洞穴建好，以便在冰雪将他们封冻之前做好准备。在桤木密布的溪流上，水流缓慢，土壤松软，人们有时会发现一个巧夺天工的设计解决了上述难题。当水坝建成，而且水深达到安全范围后，河狸们会在水坝的一端周围挖一条沟渠，以便排泄多余的水。我想在众多的树林和田野中，偶遇一条将水安全地排泄出的沟渠最容易让人对这些野生小动物产生怜爱之心。大坝笔直而坚实地横跨小溪，而且穹顶房屋矗立在远处。

有一次我发现了河狸利用了人类成果的景象。人类在一条荒野溪流上修建了一座巨大的水坝，以确保从木材林中运输木料所需的水源。当松树和十四英寸长的云杉全部被一扫而光后，运输工作就停止了，而水坝还在那里——当然，闸门（水坝上的开口）是开着的。一对年轻的河狸正在寻找过冬的洞穴，他们找到了这个地方，而且感觉非常适合，于是他们把一根沉入水底的木头滚到开口前，作为地基，然后用桤木灌木丛和石头把开口填满，这样工作就完成了。当我找到那个地方时，发现那里有个一英里宽的水塘，而且可以在里面玩耍。他们的洞穴在一棵大铁杉下，洞穴的进口倾斜到二十英尺深的水里，周围风景优美。显然，那个地方是安家的绝佳选择。

另一座水坝，是我在一个冬天猎捕驯鹿时发现的；水坝的选址非常绝妙，简直是无与伦比。它是那只猞猁所追寻的同一个河狸群体所修建的，而且就在猞猁为我表演过哑剧的下方，那里仍有他留下的脚印。我所谓的荒原是指北部森林中没有树木的平原地带，那里曾是古代浅水湖泊的河床。河狸们找到了一条小溪，顺着小溪来到了荒原深处，在那里小溪两侧伸出的树梢几乎触碰到了彼此。这里以前是出口，如今河狸们在这里筑起了堤坝，使这个古老的湖泊重新焕然一新。夏天，这里一定是休闲娱乐的好去处，因为它有二三千英亩的游乐场，到处都是蔓越莓和甘甜的树根；而到了冬天，湖泊太浅了，除了河狸洞穴门口的几英亩外，其他地方没有任何用处。

河狸通常使用三种筑坝方法。第一种适用于水流缓慢的地方，他们可以从底部堆积起水坝。河狸将两条或三条原木沉入水底做地基，把在岸边切割下的树枝、浮木和粗壮的树干堆积在地基上面，再用石头和泥巴加以固定。其中，石头是从岸边滚过来的，或在水下移动了很长距离滚过来的；而泥巴是河狸用爪子运来的，他们把泥巴顶在下巴上，以便携带一大块回来而不至于掉出去。

河狸最喜欢这样的溪流：溪流上桤木成荫、绿草油油、草地绵延。顺便说一句，新英格兰的大部分天然草坪和一半池塘都是由河狸建造的。如果你走到树林里任何一块小草地的末端，在有溪流涌出的低处挖掘，你就会发现，有时在地表下十英尺的地方，有第一种水坝的遗迹，当水流回流并淹死树木时，就形成了草地。

第二种水坝是为急流而建造的。粗壮的十英尺长的灌木丛是主要的材料。让灌木丛漂

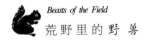

流到所选的位置上，顶部用石头固定住，而底部随意地指向下游。当然，这样的水坝必须从侧面进行建造，通常呈拱形，凸面朝上游，以形成更坚固的结构。当拱门在中部关闭时，大坝下侧堆积的泥土和石头就会坚不可摧。这是河狸的高明技巧；一旦拱门被灌木丛封闭，水流就不能再冲走筑堤用的泥土和石头。

第三种筑坝方法操作简便，而且建造起来的水坝最坚固。这种方法适用于有大树斜伸到溪流上方的地方。三四只河狸围着一棵树，坐在宽阔的尾巴上开始啃树；还有一只站在他们上方的河岸上，显然他是在做现场指挥。很快，那棵树的下方差不多就被啃断了。然后，上面的河狸开始小心翼翼地将树放倒。随着一声噼啪声，他跳到了一边，那棵树笔直地倒在了需要它的地方。接着，所有的河狸都消失了，开始切割大树底部的树枝。这棵树开始慢慢下沉，直到它的树干达到合适的高度，成为大坝的顶部；随后，将上面的枝条修剪到靠近树干的地方，并与从树干伸向河床的桤木长枝条编织在一起。而后，用大量的石头、泥土和灌木丛

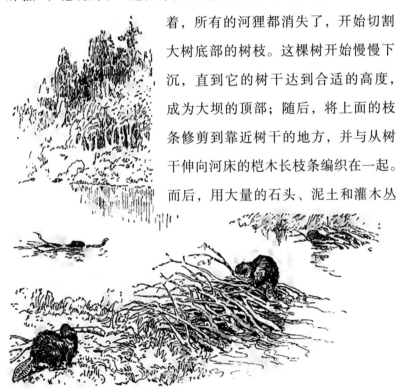

填补缝隙。很快，水坝就建成了。

河狸所有的切割都是用锋利的门牙完成的。每个颚部有两颗门牙，超出牙龈一英寸半，形成一个尖锐的斜面。牙齿内侧比外侧更软，磨损得更快，因此，斜面始终保持不变，而且上下牙齿的相互作用使它们始终保持锋利。他们的牙齿生长得非常快，所以河狸必须不断地切割木头，才能把它们磨成舒适的尺寸。

通常，在荒凉的溪流上，你会发现迎面漂下来一根木棍，上面有新的切痕。你抓住木棍，心想："肯定有人在上游安营扎寨了，因为那根木棍刚刚被人用一把锋利的刀割破了。"但仔细看看，就会发现，整个切口上布满了细微的凹凸不平的切痕，就像刀刃上有一个小小的缺口一样。那是河狸的两颗上牙啃咬的地方，而且边缘并不十分整齐。他一口就能把一根男性拇指那么粗的木棍咬断；同样，只需一分钟他的牙齿就能咬断一棵像茶杯一样粗的桤木。当一棵高大的白杨树遭到三四只河狸的袭击时，会在极短的时间内轰然倒下，而在树桩周围，你会发现一堆两英寸厚的切屑，切屑很厚、很平整，跟河狸牙齿的弧线非常吻合。从切屑去判断，他的技艺堪称一流。

筑坝时，河狸会把自己过冬的食用木料备好。一群河狸通常会在水坝上方的河岸上切割一整片幼小的桦树或白杨。然后他们将树皮最好的树枝切成短段，滚到小溪里，漂浮到有水坝拦截的水塘中。

关于河狸如何把木头沉下去的问题，众说纷纭。显然，他必须把木头沉下去，否则木头就会被冻成冰块，毫无用处。最简单的方法是尽早把木头切好，并将它留在水里，等它自己沉下去，例如绿桦树和白杨树很快就会被水淹没并沉入水底。如果在木头下沉之前，夜晚突然变冷，河狸会把木头拖到水底，把它稍稍压进泥里；或者，他们会把木头推到那些紧贴水坝漂浮的木头下面，越堆越多，直到溪水里从上到下堆满了木头，那么上面木头的重量就会让下面的木头下沉。很多木材都是这样被冻在冰里而损失的；但河狸知道这一点，于是就砍了很多木头。

当河狸在冬天饿了的时候，会来到冰下，选择一根木头，并把它带到自己的洞穴里，啃食树皮。然后，他再把剥去树皮的木头放回冰下，搁置在一旁。

有一次，我突然想到浸泡会破坏树皮的味道，河狸们可能想要尝一口新鲜的东西。所以，我在他们水坝上方的水塘里的冰面上挖了一个洞。当然，挖凿声吓坏了河狸，那天的实验徒劳无益。我在洞口上盖上了一条毯子和几根粗树枝，以免洞口的冰结得太厚，随后就离开了。

第二天，我把一根新鲜的桦树干的一端推到河狸储藏室中间，脸朝洞口趴下，在头上盖了一条大毯子来遮光，观察着。有一阵子，洞里像口袋里一样漆黑一片；过了一会儿，我开始隐隐约约看到了什么东西。不一会儿，一个影子从底部飞快跑出来抓住了树干。那是一只河狸，身披着一件价值二十美元的皮毛外套。他用力拉树干；而我却紧抓住树干不放，这让他很吃惊，于是他回到洞穴里压压惊。

但新鲜树皮的余味一直在嘴里萦回，所以很快他就和另一只河狸一起结伴回来了。这次两只河狸都抓住了树干，并一起拉动树干。但还是拉不动！他们开始绕着树干游来游去，全方位地观察着这根奇怪的树干。一只河狸在想："这到底是根什么样的树干？它不该出现在这里，否则我早就发现它了。""冰没能将它封冻起来，"另一只河狸想，"因为它正在晃动。"然后，他们又都抓住了树干。我想近距离地进行观察，所以我开始小心翼翼地往上拉树干。这让他们大吃一惊；若不是一个突如其来的意外，我认为他们会抓住树干不放。突然毯子滑了下来，一束光射了进来，水里立刻出现了两个巨大的漩涡，这表明我的实验也到此结束了。他们再也没有回来，尽管我一直等到快冻僵的地步。

河狸的洞穴是最后一个值得关注的东西。他们喜欢在夜晚很冷的时候建造洞穴，以便在砂浆铺设后很快就能冻结。河狸从水塘的底部往上挖两三条隧道，穿过河岸，一直到达陆地表面洞穴的中心位置。围绕着洞穴，他们用木头和石头打下坚实的地基，直径从六英尺到十五英尺不等，具体根据居住的河狸数量而定。然后，他们在这样的地基上堆积了大量的枝条和野草，再用大量的泥土进行固定。洞穴的顶部由粗壮的木棍排列而成，就像印第

安人的棚屋一样，整个穹顶由草、石头、木棍和泥巴覆盖。一旦冻结，河狸就会安然入睡；而且洞穴具有防盗功能。

如果在湖岸上，水的上升幅度向来都不大，那么河狸的洞穴只有四五英尺高。在受洪水影响的河流上，他的洞

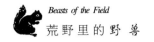

穴就要高得多。就像麝鼠一样，一种奇怪的本能驱使着河狸确定其住所的高度。根据对高水位或低水位的预测，他就会建造高或低的洞穴，所以他很少被淹死在自己奇怪的穹顶下的干燥洞穴里。

有时两三个家庭联合起来建造一座洞穴；但在这种情况下，每家每户都有各自的"公寓"。当挖开一个河狸的洞穴时，各种迹象表明，这个家庭的每个成员都有自己固定的床铺。河狸的整洁堪称典范，因为这个洞穴入住五个月后，仍跟最初建造时一样整洁。

他们所有的建造技能基本上都是出于本能，因为被驯化的河狸会在笼子的地板上建造微型的水坝和洞穴。然而，这种本能并不像大多数鸟类的本能那样无法控制，也不像老鼠和松鼠那样盲目。我在湖边发现了河狸的洞穴，那里没有修建水坝，只是因为水足够深，不需要任何水坝。玩耍时，小河狸们为了好玩而筑坝，就像男孩们在任何能找到流水的地方筑坝一样。我也明白了（这或许可以解释一些貌似愚蠢的水坝），有时老河狸会让幼河狸在夏天筑坝，以便他们在必要时知道如何建造。很难观察河狸们筑坝，因为河狸在夜间工作，最好是在漆黑的雨夜，因为那时在陆地上收集材料是最安全的。但是，尽管建造属于他们的本能，但熟练的建造技能是实践和经验的结果，而且一些河狸建造的水坝展现出他们非凡的建造技能。

有一只河狸从不建造洞穴，他从不为洞穴、水坝或过冬的储藏而烦恼。我不知道该称他为天才还是家族的懒汉。这只河狸是孤独的老单身汉，他像水貂一样生活在小溪边的洞穴里。他从不建造洞穴，因为雪松树根下的洞穴同样安全温暖。他从不筑坝，因为河中有很深的地方，那里水流湍急，无法结冰。即使在冬天，嫩枝也比存放在水下的陈腐树皮汁液丰富。至于他在雪地上留下的蛛丝马迹，他的智慧能够保护自己免受敌人的伤害，而且还有一条开阔的河道可供逃离。

印第安人和猎人中流传着两种说法可以解释这只河狸的古怪行为。首先，他没有找到配偶，便离开了家族群体，或者被赶了出去，过着孤独的单身生活。他在交配季节的行为肯定了这一说法，因为在寻找妻子的过程中，从来没有其他河狸比他更卖力。他马不停蹄地逛遍了整个荒野的溪流和桤木溪，在一个长满草的地方不时停下来，抓一把泥土，像孩子做的泥饼一样，通体拍得溜光，中间还夹杂着一点浓烈的麝香。当你在桤木下一圈经过精心修剪的草地上发现泥巴饼时，你就会知道那条小溪上有一只年轻的河狸正在寻找妻子。当小河狸发现他的馅饼被打开又合上时，他就知道附近有一个同伴正在等他。但是这只可怜的河狸没有找到他的配偶，第二个冬天他不得不再次回到自己冷清的洞穴。捕猎者说，这种河狸比其他河狸更容易被猎捕，因为他孤独寂寞，厌倦了生活。

第二种说法在印第安人中广为流传。据说这种河狸非常懒惰，而且不愿跟其他河狸一起共事，所以就被赶走了。当河狸忙得不可开交的时候，不允许同类游手好闲。也许他甚至试图说服其他河狸，不必这样忙忙碌碌，因此成为异类而被逐出了家门。

去年夏天，我在检查一只河狸的洞穴时又有了一个发现。他难道不是一种罕见的动物吗？他不具备河狸的所有本能——他不建造，因为他没有建造的冲动，而且也不知道怎么建造。因此，他就是数千年前，在河狸学会如何建造水坝和洞穴之前的样子，但现在，由于某种奇怪的遗传缺陷，原来的他又出现了，而且发现自己与现在的时间和地点格格不入。于是，其他河狸就把他赶走了，因为所有群居的动物和鸟类都有很强的排斥性，对任何异常行为都会感到恐惧和厌恶。即使这种异常性非常轻微，哪怕是一点伤口或伤残，他们也会无情地把可怜的受害者从他们中间赶走。这是一种残酷的本能，但它是最古老的造物者的一种本能，也是物种优胜劣汰的本能。这就解释了为什么这种河狸永远找不到配偶，而且没有一只河狸会和他有任何瓜葛。

这种偶尔缺乏本能的现象并不是河狸所特有的。有时候，在北方孵化出的一只小鸟也没有向南方迁徙的冲动。当同伴们离开后，他会为此而感伤，但他却从未与他们结伴而行。所以他留了下来，在冬天的风暴中不知所措。

河狸几乎是荒野中最难观察的生物，因为他们非常机警，而且习惯于只在夜间活动。为了对他们的活动进行更好的观察，可以在某个秋日的午夜，当满月的时候，在河狸的水坝上划破一个缺口，把其中一个洞穴的屋顶拨开。在黄昏前，你必须悄无声息地回来，并隔开水坝一段距离藏起来。即便如此，成功的机会仍不容乐观，因为河狸生性多疑，他的耳朵和鼻子都很敏感，一般都是在月亮落山或你离开后才会现身。极有可能，你要把他们的水坝拆毁六次后才能看到它的修复。

当河狸终于露面时，场面非常有趣，值得一看。水正从水坝上一个五英尺的缺口中倾泻而出，而且一个洞穴的屋顶已被冲毁。用冷杉树枝擦遍全身，以遮盖你衣服上的一些气味，并在一棵倒下的树顶下藏好。黄昏过后，月亮爬到了东方的云杉上方，河面上洒满了银色的月光。周围仍然万籁俱寂，你的心头开始涌起一丝失望，感觉再不跺脚的话脚趾一分钟也经受不住寒冷了，但一旦跺脚，就会功亏一篑。当一道涟漪迅速穿过水塘时，一只大河狸出现在岸上。他在那里坐了一会儿，东看看、西听听；然后，他去了那个破败的洞穴，又坐了一会儿，上下查看着，估算了一下损失，然后制订出修复计划。水里出现了骚动，又来了三个同伴加入了他的行列。此时，你感觉寒意全无。

　　与此同时，还有三四只河狸在水坝周围游动，察看着那里的损坏情况。其中一只潜到水底，但一会儿就上来报告下面所有的安全情况。另一只用力拉着你下方的一根粗树干，缓慢地把它拖到前面，将它平衡好，然后放开手让它顺水漂走了——径直穿过缺口。另外两只正在上方切割桤木，木料顺流而下，用来修缮水坝。在受损的洞穴那边，有两只河狸爬在墙上，把椽子抬到合适的位置；接着，第三只似乎正在铺设外层；第四只在用泥巴抹面。有时，河狸会像兔子一样坐直，侧耳倾听着，伸个懒腰，放松一下身体，再投入工作。此时，光线更加明亮了，月光和星光在水塘里闪闪发光。在水坝上，随着缺口的迅速闭合，落水声越来越微弱了。河狸的洞穴显得更大了。在一个破旧的穹顶上，

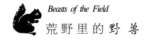

河狸的黑色轮廓赫然映入了眼帘。

机会千载难逢。你的兴致越来越高涨，你伸长脖子去观察，但一只从你身边滑过的河狸发现了你，马上潜入了水中，粗大的尾巴猛击了一下水面，发出了一声危险的信号——噗嗤！在死一般的寂静中，这个响声格外惊心动魄。传来一种就像把一根棍子头朝下插入水中的声音，而且一些漩涡在水池里旋转，扰乱了月亮的倒影；之后又是寂静一片，只有岸边泛起了涟漪。

你现在可以打道回府了，因为今晚你不会再有任何收获了。在对岸下方有一只河狸，正躲在你看不见他的阴影里，而且只把眼睛和耳朵露出水面观察着你。在你离开之前，他不会有任何响动，而且他的同伴也不会出现。当你找到独木舟，划回营地时，在桤木的阴影中河狸鼻子泛起的涟漪悄无声息地尾随着你。当你消失在河流的拐弯处时，涟漪停顿了一会儿，就像水流中一根冒出的树枝一样，然后转身迅速地游了回去。随着又一阵噗嗤声，"建筑工人们"又出来了，泛起的十几道涟漪把星星的倒影洒满了水塘。这些树林的小居民停下来好奇地看了看自己的新作品，然后又继续忙碌。他们就这样小心翼翼、悄无声息、勤勤恳恳地度过了荒野之夜。

幽灵——猞猁阿普威克斯

"很久以前，猞猁阿普威克斯满腹牢骚地来到了克洛特·斯卡普面前。"印第安人辛莫说。

猞猁说："你只对我恶意满满。食鱼动物佩奎姆老奸巨猾、锲而不舍，所以他可以随心所欲地猎杀。黑豹勒霍克斯身强体壮、精力旺盛，什么东西都逃不出他的手掌心，即使那只大驼鹿也不在话下。黑熊穆文在整个冬天都会睡觉，因为冬天猎物稀少，但夏天他什么都吃——树根、老鼠、浆果、死鱼、肉、蜂蜜和红蚂蚁，所以他每天吃饱喝足、兴高采烈。虽然猞猁的眼睛很明亮，就像雄鹰切普拉根的眼睛一样，但是我的视力不怎么好，只有当猎物移动时我才会发现它们，否则我无法将隐藏的猎物跟它们上面的掩盖物分辨开来。我的鼻子更糟糕，尽管我正从在雪地上熟睡的松鸡塞克萨加达吉身旁经过，但却闻不到他的气味。我的双脚会在树叶上发出声响，如果兔子莫克塔奎斯听到了我的声音，

135

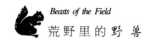

就会躲起来，当猞猁去抓他时，他就在猞猁的身后哈哈大笑。我总是饥肠辘辘，所以现在就像幽灵一样，这样在觅食时就不会被发现。"

因此，对众生有慈爱之心的大酋长克洛特·斯卡普给了猞猁阿普威克斯一身灰色的软毛，使他不管春夏秋冬在森林里都不容易被发现；而且还赋予了他一双大脚，并在脚底垫上柔软的毛皮，所以他真的像幽灵一样，在神不知鬼不觉的情况下可以四处玩耍。但克洛特·斯卡普没有忘记兔子莫克塔奎斯，而且也送给了他两件外套：一件棕色的夏天穿，一件白色的冬天穿。当兔子安静时，比以往任何时候都更难发现，所以猞猁阿普威克斯必须依靠智慧才能抓住他。由于猞猁阿普威克斯的智慧有限，兔子莫克塔奎斯经常看到他近在咫尺，却在棕色蕨类植物下咯咯地笑着，或者在白雪覆盖的铁杉尖下笔直地坐着，欣赏着大猞猁的狩猎。

有时候，在一个冬夜，当你在荒野露营时，雪花纷纷飘落在你燃起的火堆里。树林里一片寂静，在你的防风树枝后面，黑暗中突然响起一声刺耳的尖叫。你跳起来拿起步枪，但辛莫仍跪在篝火前煎猪肉，他只是转过头倾听了一会儿，然后说："这次猞猁阿普威克斯肯定抓住兔子了。"然后他走近火堆，继续做饭。

你会比辛莫更好奇，或者你想把大猫（猞猁也被称为大猫）的皮毛带回家。你悄悄地朝着尖叫声的方向走去，经过日落时分当踪迹消失时你匆忙留下的记号。在那里，你背对着篝火，所以火光不会让你眼花缭乱；你可以发现在灌木丛中爬进爬出的影子。但如果猞猁阿普威克斯在那里，而且他可能在那里，但你却看不到他。他就是阴影里的一个幽灵，唯一的区别就是：阴影不会让灌木丛晃动。当你在观察时，冷杉尖在颤动，掉落了一点积雪。你聚精会神地注视着这个地方，就会发现深深的暗影中突然燃起了两团火。火苗变得越来越大，闪闪发光，照耀着你的眼睛，你不得不赶紧揉揉眼睛，接着抓起了步枪；闪闪发光的火苗一瞬间就熄灭了。当你眨眨眼睛进行确认时，阴影又开始若隐若现，猞猁阿普威克斯也随之消失了。

有时，你可能会再次与他相见。大白兔莫克塔奎斯看到你站在那里，好奇地打量着你，一下子就忘了刚才被猎杀的惊险。你往火堆那边后退时，他吓得扭头就跑了，但很快就跟在你后面跳来跳去。仔细观察他身后的灌木丛。不一会儿，灌木丛里悄悄地摇曳着，仿佛有一个影子在晃动；那是一只猞猁，他的眼睛闪闪发光，蹑手蹑脚地在雪地里行走着。兔子莫克塔奎斯再次感到了被猎杀的气息，并且采取了唯一安全的措施：他蜷缩在雪地里，上方的冷杉尖弯下来将他遮住；他待在那里一动不动，而他的肤色完美地隐藏了他。

猞猁阿普威克斯又消失得无踪无影，就像摇曳的灯光下来回晃动的影子一样，左右摇摆着大脑袋。他对猎物不看、不听也不闻；但他刚才看到了一点掉落的积雪，他知道那是兔子莫克塔奎斯的大脚垫触碰的结果。现在他待在阴影里一动也不要动，要像投下阴影的那棵大云杉一样静止不动；而且，在一生仅有一次的狩猎中，你会看到一个奇怪的悲剧。

猞猁在雪地里藏好，四只脚紧紧地靠在一起，准备一跃而起。当你盯着他，感到迷惑不解时，听到树林里响起刺耳的尖叫声，任何兔子听到后肯定都不会无动于衷的，于是兔子莫克塔奎斯径直跳了起来。猞猁看到了他，并风驰电掣般扑了过去，接着又传来一声尖叫声，但并不是刚才的那种叫声，你知道一切都结束了。

这就是为什么猞猁阿普威克斯会在冬夜里突然撕心裂肺地尖叫。你的火光会吸引兔子，而猞猁阿普威克斯知道这一点，所以刚开始躲在阴影中，但他永远抓不到任何东西，除非歪打正着了。这就是为什么他在冬天经常到处游荡，在抓到一只兔子之前要经历很多次失败。因此，当他看见火光时，就知道兔子莫克塔奎斯就在附近，但他自己仍旧不露面，而是蹲下来准备一跃而起；然后，他发出恐怖的尖叫声。兔子莫克塔奎斯会和其他任何人一样，在附近听到这样的叫声后，会感到胆战心惊。兔子吓得跳了起来，结果付出了生命的代价。

如果遇见一只体形较大的猞猁，而且他早已饥肠辘辘，就像他在冬天时一样，那么当你冒险远离火堆时，你可能会对他产生一些不愉快的印象。他的眼睛会在黑暗中冲你闪耀，像两个大的发光点，只要你一动，发光点就会消失。随后，当你睁大眼睛进行观察和倾听时，你感觉到亮光再次从另一个地方冲你闪耀；当猞猁转过头时，发光点突然消失了，只不过又在另一个地方重新出现了，这让你为之着迷。所以，他是在跟你一起玩耍，就好像你是一只大老鼠，一直蹑手蹑脚地向他靠近，而他却猛烈地甩动自己的短尾巴，准备一跃而起。但是他的行动悄无声息、隐隐约约，除非他尾随你返回火堆，并进入光线范围，否则你很可能永远都看不到他的身影。

事实上，无论白天还是黑夜，结果可能如出一辙，除非你有意猎捕他，在他每晚经过的兔子的踪迹上设下陷阱，并在陷阱的上方悬挂诱饵，这样就可以引诱他抬起头来，忘记脚下的路况。夏天，他去烧焦的土地上寻找隐蔽在灌木丛中抚育幼崽的兔子。你可以在那里找到他以及他猎杀的痕迹；但是，尽管你整天都在观察和徘徊，而且黄昏时分才回家，但还是一无所获。只要听见了你的声音，他就会在山坡的灯光和阴影交错中悄然溜走，然后躲了起来——有时像一只小鹧鸪一样，这样你对他还是一无所知。

冬天，你会发现他的足迹，大树林里到处都是巨大的圆形足迹，于是你想，这次一定会发现他。但是，尽管你跟着足迹走了好几英里，也对他有很多了解：发现他遇见了一只兔子，并抓住了那只兔子，但他却错过了从脚下的积雪中蹦出来的鹧鸪，但你仍然没有发现猞猁阿普威克斯的身影。有一次，在沿着他的足迹长途跋涉后，我找到了他刚刚睡觉的地方。除了这段经历之外，我还跟踪了许多他的踪迹，但我从未找到过终点和起点。每当我发现猞猁阿普威克斯的任何痕迹时，就像大多数的幸运降临一般，总是那么出乎意料。

有一次，当我观察一只麝鼠吃晚饭时，机会不期而至。那是在一个树林里，正值黄昏时分。我划着独木舟漂近河岸，想看看麝鼠在岩石上干什么。所有的麝鼠都有最喜欢的进食场所—— 一块岩石、一根搁浅的木头、一个倾斜在水面上方的棉铃①，而且那

---

① 棉桃的同义词。棉花的果实，初长时形状像铃叫棉铃，长成后像桃叫棉桃。

些地方的风景都非常优美，他们从远处把食物带到那里，显然是为了安逸地享受美食。这只麝鼠在餐桌上放了一些大淡水蛤蜊，坐在中间享用盛宴。他会用前爪抓起一只蛤蜊，在岩石上敲打几下，直到壳裂开，然后用牙齿把壳掀开，吃掉里面的肉。他悠闲地吃着蛤蜊，而且在咽下每一只蛤蜊之前都要仔细品尝，还经常坐直身子洗洗胡须或眺望一下湖面。一只隐夜鸫在他头顶唱着美妙的歌曲；黄昏的颜色将下面的湖水染得越来越深，显然湖水中也倒映着他在天空的光亮中吃蛤蜊的影子。总体来说，这是一幅美景，也是一个我仍然喜欢铭记的静谧时刻，而且我完全忘记了麝鼠是个恶棍。

但悲剧就在眼前，这是荒野中的必然。突然，上方河岸上的一个响动吸引了我的注意。灌木丛下有什么东西提心吊胆地晃动着。我还没来得及弄清楚是什么，就看见他飞驰而过，他的一双凶狠的黄眼睛闪闪发光，接着传来麝鼠的吱吱声。然后，穿着夏装的猞猁阿普威克斯看起来憔悴而奇怪，他蹲在岩石上，两只大爪子之间夹着麝鼠，一边敲打着骨头，一边猛烈地咆哮着。他把猎物咬得遍体鳞伤，确定猎物已经死了以后，就叼起他的脖子，抽动着粗壮的尾巴溜进了灌木丛，又变成了一个幽灵。

还有一次，我坐在离地面约二十英尺

高的一棵树上，盯着一个大鱼饵——我把它放在一个开阔的地方，等待任何可能来取它的生物。我希望他是一只熊，因为他趴在地上，如果风从他背后吹来，他可能就不会闻到我的气味了。那时正值初秋，我并无恶意，因为我没有携带任何武器。

下午晚些时候，在我附近有什么动物正在追赶一只红松鼠。我听见他们匆匆穿过树林，但什么也看不见。追逐的声音消失了，我也无暇顾及他了，因为有什么东西在我的诱饵附近的灌木丛中晃动，这时红松鼠又回来了，他惊恐万分，从云杉尖上跳到了地面上，又跳到我坐的那棵树上，在看到我之前他沿着斜面爬到我的脚边；然后，他跳到一根树枝上，坐在那里，吓得歇斯底里地叽叽喳喳地叫着。紧随其后的是一只松貂，他捕捉到了猎物的气味，但气味不是来自树皮或地面上，而是来自空中。松貂刚跳到我所在的树上，就听到他脚下的灌木丛里传出一声尖叫和一阵猛窜声，接着一只小獾狐从灌木丛里跑了出来，加入了追逐；但是，这只獾狐没有顾忌松貂，而是像闪电一样跳到了我所在的树上。我记得当时我唯一能感觉到的声音就是他的指甲抓挠树皮的声音。毫无疑问，他一直在寻找我的诱饵——它是獾狐的最爱，因为獾狐阿普威克斯像猫一样喜欢鱼，所以他发现有东西在前面追逐时，就立刻加入了他们的行列。

爬到斜坡的一半时，松貂闻到了我的气味，或者被身后的响声吓坏了，便跳到了一边。因为我依靠的一根树枝在摇摇晃晃或者发出咔嚓声，所以獾狐停了下来，他好像被击中了一样，紧贴着树干蜷缩得越来越低，用那双黄色的、毫无表情的大眼睛直勾勾地看着我。他镇定了一会后，他的眼睛开始闪烁不定，于是转

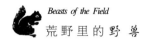

过头,向灌木丛跳去,消失不见了。

又过了一会儿,红松鼠米科已经将自己的恐惧、危险和其他一切抛之脑后,只剩下对我及一切的好奇。他必须经过离我很近的地方才能到达另一棵树,但总比回到松貂可能正对他翘首以待的地方要安全;因此,红松鼠米科很快就来到了我的上方,窃笑着、大叫着,想让我动起来,而且还对我大声斥责,因为我扰乱了树林的安宁。

夏天,猞猁阿普威克斯过着隐居的生活,他在最荒凉的、被火烧过的土地上抚育着幼崽,那里猎物丰富,除非是意外,否则几乎不可能发现他的踪迹。冬天,同样大部分时间里他都是独自游荡;但偶尔,当兔子稀少时——因为他们会定期出现在北部森林中,猞猁就会成群结队,猎捕自己永远不会单独攻击的大型猎物。一般来说,猞猁阿普威克斯在人类面前会躲躲闪闪,畏畏缩缩;但当饥肠辘辘或成群结队地狩猎时,他就像一头凶猛的野兽,所以必须谨慎跟随。

我从当地居民和猎人那里听到了很多关于猞猁狩猎队的凶猛传说:有一次,我的一个朋友,一个边远山区的老人从他们手中侥幸逃过一劫。我朋友有一只狗,名叫格里普,是一只大斑点狗;他经常吹嘘格里普是加拿大"卢西菲弗"的顶级杀手。顺便说一句,"卢西菲弗"是格里普和我的朋友居住的圣约翰河上游当地人对猞猁的称呼。

有一天,我的朋友丢失了一头小母牛,于是他带着斧头和格里普沿着她的踪迹寻找。过了一会儿,他遇见了猞猁的踪迹,并且发现了打斗的迹象,接着他看到六七只狂吠的猞猁扑在了小母牛身上。"卢西菲弗"犬——格里普——不假思索地冲了上去，但两分钟后他就被撕得四分五裂。接着，猞猁们慢慢地向前朝着我的朋友咆哮着，他赶紧后退，一边喊着，一边挥舞着斧头。幸运的是，他砍死了一只向他胸口扑来的猞猁。其他猞猁一直追到他的家门口。他告诉我，要不是他早先在树林里清理出一长条开阔地带，他就永远也回不了家了。当他与野兽对峙时，这些野兽似乎更害怕他的声音，而不是斧头；要拼命逃跑，不要让他们将你团团围住，让自己无路可退。当我的朋友到达开阔地带时，猞猁们沿着灌木丛的边缘走了一小段路，当确信他再也不想打扰他们的盛宴或打斗时，猞猁们才逐一回去了。

令人好奇的是，当猞猁阿普威克斯和他的狩猎团队以这种方式得到猎物时，他们做的第一件事就是为了瓜分猎物而战。也许肉足够吃，但是对饥饿的担忧是一种古老的兽性本能，在这种本能的驱使下，每只猞猁都想独享其肉；因此，他们会在小母牛死之前就开始相互争抢。此刻，打斗场面非常激烈，声音震耳欲聋。人们忘记了猞猁阿普威克斯是个幽灵，认为他一定是个恶魔。

一个冬日，在跟踪驯鹿时，我发现了一条非常大的猞猁踪迹，这是我见过的最大的踪迹。虽然这条踪迹已经有两天之久了，但是它把我引向了驯鹿的荒原，让我循着它发现了我想看的东西。

不久，这条踪迹旁又出现了其他四条猞猁的踪迹；我沿着五条踪迹又往前走了一英里，每只猞猁每跳跃一次都会在雪地上留下一个水桶那么大的洞。又继续前行了一百码，这条小踪迹就与另一条踪迹会合了，那是荒原上一只受伤的驯鹿留下的踪迹。从足迹可以看出，他一直在艰难地用三条腿行走；有时候他驻足

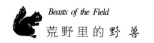

倾听过，有时候他因恐惧而向前猛冲过去（外行人也能看出这一迹象）。这是一个无声的故事，但其中的每一个细节都非常令人向往。

猞猁的足迹现在呈现出不同的风格。在一只受伤的公鹿周围，他们的踪迹纵横交错，一会出现在公鹿的前面，一会出现在公鹿的后面，一会又出现在他的两侧；显然，猞猁们是在小心翼翼地靠近公鹿。公鹿和猞猁们继续周旋着，雪地上到处是蹲伏时留下的凹陷。然后，战斗开始了。

起初，公鹿站在雪地上的踩踏处，猞猁在他周围慢慢靠近，伺机而跳，群起攻之。公鹿挣脱了群攻，但靠三条腿飞驰很快就让他筋疲力尽，因为只有小跑时，驯鹿才不知疲倦。猞猁紧追公鹿，致命的猫咪游戏又开始上演了。首先，一只猞猁扑向了公鹿；之后，另一只猞猁也腾空跃起，结果都被甩了出去；随后，两只猞猁一起扑过去，接着五只一起扑向可怜的公鹿，而公鹿仍然挣扎着向前移动。最后，雪上到处都是血迹斑斑。

我小心翼翼地跟踪着踪迹，前面传来一阵咆哮声。我踢掉雪鞋，蹑手蹑脚地向左移动，以便从一块开阔地向外张望。那里躺着一只剥光了皮的驯鹿尸体，上面还有两只猞猁，他们一边撕咬着骨头，一边朝着对方咆哮。另一只猞猁蜷缩在雪地里的灌木丛下，观赏着眼前的一幕。另外两只猞猁围着对方咆哮着，伺机而动，但当时吃得太饱了，根本不想打架。两三只狐狸、一只松貂和一只水獭不停地进进退退，贪婪地嗅来嗅去，等待机会抓住每一块暂时没有猞猁看守的骨头或鹿皮。在他们头顶上，十几只鸵鸟同样也在警惕地观察着。当我偷偷靠近一点，希望能躲到一根

两只猞猁仍在被剥过皮的驯鹿尸体上撕咬着

旧木头后面，趴下观看的时候，有个生物从一边的灌木丛里跑了出来。我正看得出神，突然一声咔嗒巨响吓了我一大跳；我飞快地向开阔地跑去。从木头后面，一个长着流苏耳朵的凶猛圆脑袋闪了出来，我起初跟踪的那只大猞猁就这样突然映入了眼帘，他正恶狠狠地咆哮着、吐着口水。

随着警报声响起，宴会就突然中止了。松貂瞬间就消失了，狐狸、水獭和一只猞猁悄无声息地溜走了。我没有发现的另一个身影悄悄地走到尸体跟前，把前爪放在尸体上，把凶猛的脑袋转向了我的方向。显然，除了我跟踪的那五只猞猁之外，还有其他猞猁加入了杀戮的行列。然后，所有的猞猁都蜷缩在雪地里，用他们那双凶狠的黄色眼睛直直地盯着我。

我们只对峙了片刻。站在我这边木头上的那只大猞猁正处于准备战斗状态，他不停地咆哮着。另一只猞猁跳过木头，蹲在他的旁边，面对着我。然后出现了意想不到的一幕，我迫不及待地想看到结局。两只猞猁逐渐靠近我静止不动的观察点。他们向前爬行一两步，然后蜷缩在雪地里，就像一只猫在温暖她的脚一样，眼睛一眨不眨地盯着我看了一会儿。接着，他们又跳起了一两次，这样他们距离我又近了，又开始凝视着我。我不能坚定地与其中的一只猞猁对视，试图让他动摇，因为另一只猞猁会趁机向我靠近，而且已经有其他两只猞猁越过木头爬了过来。我不得不对准最大的那只猞猁的黄色眼睛之间并扣动扳机，当另一只在雪中扭动着准备跳跃的时候，我把第二颗子弹直接射入了他的胸膛。而余下的猞猁则在第一声低沉的枪声响彻树林时，早已经咆哮着跳开了。

还有一次，在同一个地方，一只孤独的猞猁让我在半个下午里都感到不舒服。那天是星期天，我在雪地里漫游，随身没有携带步枪。在回营地的路上，我停下来取一只驯鹿的头骨和皮毛，那是前一天早上我藏在一片荒地附近的。变天了，当我返回营地时，身后吹来一阵刺骨的寒风。我扛着鹿头，两只鹿角分别耷拉到我的肩上，鹿皮垂到我的后背上可以为我御寒，而鹿皮的边缘在雪地里拖着。渐渐地，我确信有什么东西在跟踪着我，但我转身看了好几次，却

什么也没发现。"只不过是一只水獭。"我想，然后继续径直前进，并没有转身去查看我的踪迹，因为我希望借此机会能看见这个狡猾的家伙。如果你附近有猎物的痕迹，他会在荒野中长时间地跟踪你，但从不在光线下现身，那么你会发现他的踪迹和你自己的踪迹并排着跑来跑去；然后，我突然顺势转过身，清晰地看见身材魁梧、面目狰狞的猞猁阿普威克斯沿着我的踪迹滑行着。虽然他不擅长跟踪，但沿着宽阔的雪鞋足迹和新鲜驯鹿皮的气味跟踪易如反掌。

他停下脚步，坐了下来，目不转睛地盯着我，就像猞猁受惊后通常的做法一样。当我继续往前走的时候，尽管他已经从我的踪迹上消失了，但我知道他还在跟踪我。

为了在夜幕降临之前到达营地，我开始了四英里的加速前进，

如果没能及时到达的话，形势就会对猞猁有利。天已经太晚了，这让我有点不安。他知道我在赶时间，于是变得更加大胆，在我身后的踪迹上公然露面了。我拐进了一条古老的沼泽路，这样我前后都有一点敞亮。然后，我偶尔看到他在路两边半蹲半藏，直到我开始移动。很明显，他在等待夜幕降临；但直到今天，我还不确定他在意的是我还是我身上的驯鹿皮。他的鼻子嗅到了血肉的气味，而且他太饿了，所以再也控制不住自己了。

我用我的大刀砍了一根合适的棍子，瞅准机会，扔掉驯鹿头，向蜷缩在雪地里的猞猁扑去。他一声不响地跳到了一边，但立刻又蹲了下来，露出所有的牙齿，撕心裂肺地咆哮着。我小心翼翼地朝他挥了三下木棍。每一次他都跳到一边，等待良机；但趁着天还没完全黑，我一直在他眼前挥舞着棍子，反复冲着他大喊大叫，想把他吓唬走。

在营地附近，我喊辛莫拿来我的步枪，但他反应迟钝，而且他的大声回答惊扰了我附近的猞猁，所以他的行动立刻变得更加谨慎，更加隐蔽，最后他离开了开阔的踪迹。有一次，我看到猞猁远远地跟在我身后，而且还抬起头来倾听，我立刻扔下驯鹿头让他无暇顾及我的存在，然后拼命跑向营地。几分钟后，我又拿着步枪悄悄地回来了，但猞猁阿普威克斯已经感受到了形势的变化，他又回到了属于自己的阴影之中，所以我又在昏暗的树林里失去了他的踪迹。

有一天，另一只猞猁向我展示了猞猁阿普威克斯天性的另一面。那是一个夏天，荒野中的每一种动物似乎都与你去年冬天对他们的印象完全不同了，他们有了新的习惯、新的职责、新的乐趣，甚至还有了一件能更好躲避敌人的新外衣。

我在岛上有一个营地，夏天漫游时可以在此驻足；岛的对面是我在荒野中发现的最好的猎物隐藏处。多年前，一场大火席卷了这里，现在已经杂乱不堪，到处都是阳光明媚的开阔地，浆果丛生，兔子成群结队，松鸡随处可见。因为这里距离定居点有四十英里远，所以对于猞猁阿普威克斯来说，这里似乎是一个筑巢的绝佳地点，而事实的确如此。我确信在两英里长的山脊上生活着十几窝幼崽；但是覆盖物非常密集，所以根本看不到比鹿更小的东西在移动。

两个星期以来，每当我不去钓鱼的时候，我就在山脊上打猎，在灌木丛中蹑手蹑脚地进进出出，耳听六路；有时候，我会看到一株被践踏的蕨类植物，或是带着一点兔毛的一片血迹斑斑的叶子，或是一条巨大的圆形猫咪足迹，除此之外，根本没有发现猞猁阿普威克斯的身影。有一次，我在浆果中遇见了一只熊和两只幼崽；还有一次，当风掠过山坡时，我几乎与一头驯鹿迎面而遇，但却没有看见他。他好奇地看着我的靠近，只有鹿角露出了灌木丛。在隐蔽处，他总是非常警惕，一动不动，我也小心翼翼地不去惊扰他。当这只庞然大物在原地回旋时，喷鼻的声音和撞击灌木丛的巨大声响，就好像他就在我的面前一般，吓得我汗毛直竖，但不知道他是什么动物，也不知道他朝哪个方向离开了。但是，尽管我每天对动物们都有新了解，新知识，以及对野生动物生活方式产生了新兴趣，但我却找不到他们巢穴的踪迹，也没有看到我期待的幼崽。所有的动物在他们的幼崽身旁时都悄无声息，所以无论白天还是黑夜，都没有任何叫声给我指引。

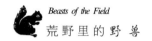

　　一天下午晚些时候，当我爬到山脊的顶端，在回营地的途中，我闻到了一种气味，那种总是萦绕在食肉动物的巢穴周围的一种强烈的、令人不快的气味。我跟着气味穿过一片灌木丛，来到一片开阔的多石地带，下面有个五六英尺的陡坡，上面覆盖着浓密的植被。气味来自这个植被，所以我跳了下去；就在这时，几乎就在我脚下，一个灰色的东西咆哮着跳开了，后面跟着另一个同伴。我只瞥见了他们一眼，但从他们耸立、吐唾沫、拱起背的样子，我知道自己偶然发现了一对寻觅已久的猞狸幼崽。

　　他们可能一直躺在温暖的石头上，直到听到奇怪的脚步声，他们才悄悄躲到了植被里。当我来到他们附近时，吓得他们恼羞成怒，否则的话我就不会在植被里发现他们了。幸运的是，他们凶猛的老母亲当时不在场。如果她在现场的话，我会遇上比看见她的幼崽更棘手的事情。

　　除了我的鞋子和长筒袜，他们对我一无所知，所以当我偷偷跟踪他们，想看看他们是什么样子时，他们在灌木丛下等着看看我是什么样子。他们又跳了起来，吐着口水，但其实他们并没有看见我，而是被我无法避免地在灌木丛上发出的沙沙声惊动了。于是，我跟随着他们，只要我这边的树叶有颤动，他们就在那边咆哮，然后飞快地冲出去，随后他们又折回到那块岩石处；在那里，我小心翼翼地走出了灌木丛，看到一块小开阔地上的岩石中间有一个小洞，而且一棵向上翘起的树根拱起了洞口，形成了一道宽阔的入口。入口处站着两个未成年的猞狸阿普威克斯，他们毛茸茸的、灰蒙蒙的、面目狰狞，而且他们仍然竖起身子站在那里，用凶狠的目光忐忑不安地盯着我的方向。当他们发现了我以后，就往洞里退了一步；除了偶尔能看到他们圆圆的脑袋，或是他们黄色眼睛里的闪烁外，我再也没有看见过他们的身影。

那天为时已晚，不适合再进行进一步的观察了，而且凶猛的老猞猁妈妈很快就会回来了，他们肯定会以某种方式让妈妈知道有闯入者，但在这之前，他们都会躲在洞穴里。我找到了一个地方，在距离大约十几码的上方，我在那里可以看到他们，于是就用一根开裂的树枝在那里做了标记，又用折断的树枝做了一个指南针；然后回到了营地。

第二天早上，我没有早起去钓鱼，而是在太阳爬上山脊之前回到了那个地方。他们的洞穴很安静，笼罩在深深的阴影里。猞猁妈妈外出觅食了，等她回来时我打算杀死她。我把步枪放在膝盖上准备好，先观察一会儿幼崽，再杀死他们，因为我想要他们的皮毛，而且他们的第一层皮毛非常柔软细腻。他们又大又凶猛，所以我不想活捉他们。我的假期结束了。辛莫已经收拾好行装，准备在那天早上离开营地。因此，我将没有时间执行长期的计划，即观看猞猁幼崽玩耍了，就像我以前在荒野中观看狐狸、熊、猫头鹰、鱼鹰以及其他所有的生物幼崽一样。

不一会儿，一只猞猁走了出来，打了个哈欠，伸了个懒腰，靠着树根直立了起来。在清晨的静谧中，我能听到他的爪子在木头上抓挠的声音，即我们所谓的磨爪子；他偶尔会像猫那样优雅地伸伸懒腰或拉拉肌肉，但在必要的时候，还需要用一点力气。过了一会儿，第二只猞猁从阴影中跳了出来，跳到了一棵倒在地上的大树上，而且在那里他可以更好地观察下面的山坡。我满怀期待地等待了半个多小时，两只猞猁在洞穴附近不安地走来走去，

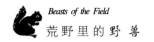
或者从那棵倒下的大树的树根和树干上面爬来爬去。很明显，他们非常愤怒，已经无意玩耍，但彼此保持着友好的距离，没有暴跳如雷，没有使用牙齿和爪子。因为早餐时间早已过去了，显然他们此时饥肠辘辘了。

突然，一只正在树干上观望的猞猁跳了下来，接着另一只也跳下来了，两只猞猁兴奋地来回踱步。他们听到了一个声音，但我却听不清楚。灌木丛里一阵骚动，是猞猁妈妈回来了，她体形庞大、面目凶狠，嘴里叼着一只死兔子，昂首阔步地走了出来。兔子的长耳朵耷拉一边，长腿耷拉在另一边；显然，这是刚刚捕杀的。她叼着野兔，走到自己洞穴的入口，来回踱了两三次，仿佛她内心充满了对鲜血的渴望，她甚至不想把猎物扔给自己的孩子们，他们却饥肠辘辘地跟着她，一边一个。有一次，当她转向我时，其中一只小猞猁抓住了兔子的一条腿，使劲地猛拽。猞猁妈妈转向他，在喉咙深处怒吼着，小猞猁被吓得后退了回去，虽然胆战心惊，但仍然咆哮着。猞猁妈妈终于放开了猎物，于是小猞猁们怒气冲冲地扑到野兔身上，互相咆哮着，就像我之前看到的陌生猞猁在驯鹿尸体上咆哮一样。不一会儿，他们就把野兔的尸体撕成了两半，蹲在地上，各自趴在自己抢到的猎物上，像猫咪撕咬老鼠一样咬牙切齿地撕咬着，狼吞虎咽地吃起来，完全忘记了躺在远处灌木丛下照看他们的妈妈。

半小时后，这顿凶残的大餐就结束了。小家伙们坐起来，舔了舔嘴巴，又开始舔自己的大爪子。猞猁妈妈睡眼惺忪地眨着眼睛，站起身来，向她的孩子们走去。此时，家庭气氛悄然发生了变化，小猞猁跑上前去迎接妈妈，好像他们以前没见过她似的，而且他们轻轻地蹭着她的腿，或者坐起来用胡须蹭着她的胡须，这是对妈妈提供的早餐迟来的感谢。这位凶猛的老母亲似乎也不同以往，她拱起背靠着树根，大声打着呼噜，而那些小家伙也拱起背靠在她的身体上发出呼噜声。然后，她弯下头来，用舌头温柔地舔着幼崽，而幼崽拼命往她身上靠去，从她的两腿之间穿过（就像从桥下穿过一样），试图舔她的脸，直到三个舌头同时发出声音，一家人一起偎依着躺下了。

这是杀死他们的绝佳时机，而且步枪也已经准备好了，但我却改变了注意。到目前为止，我一直认为猞猁阿普威克斯是一种凶猛的野兽，杀死他是件益事，但现在我改变了主意。猞猁阿普威克斯似乎非常慈祥，甘愿为她的孩子们付出，而且她还有一丝柔情，就像在我眼皮底下自然流露的那样，而它能打动一个人的内心，这比道德说教更能阻止猎人的枪口。于是，我尽可能悄无声息地溜走了，沿着我自己制作的树枝指南针指引的方向，来到了已经就位的独木舟跟前，而此时辛莫正在等我出发。

狐　踪

　　你是否曾经跟狐狸迎面相遇过，而且被他吓了一大跳？如果你有过这样的经历，毫无疑问，狐狸恰到好处的尊贵和泰然自若会给你留下深刻的印象。以下是跟他不期而遇的大致情况。

　　那是一个深冬的下午，你在高原牧场上飞快地穿来穿去，或者在树林中蜿蜒的古道上游荡。西方的天空越来越暗，松树在它的衬托下也暗淡下来；在最后的柔和光线下，浓密的棕色橡树叶似乎到处都在闪闪发光；树林里从不长眠的神秘之物，又开始在灌木丛中沙沙作响。你想着自己的心事，所以什么也没有发现；突然眼前一道黄光闪过，一只狐狸赫然站在你面前的小路上，只见他翘着一只脚，毛茸茸的尾巴优美地向一边摆动着，明亮的眼睛直视着你的眼睛，但不要试图透过他的眼睛去读懂他的意图。这是狐狸的惯用伎俩，他似乎在琢磨你的想法。

　　瞬间，你的脸上洋溢着震惊、渴望和强烈的好奇，但这个美丽的生物在你面前却泰然自若。在他看来，你的好奇心俗不可耐，而他对此不屑一顾。他低下头，转向左边，像英国人一样，从容不迫地快步经过你的身旁。他不慌不忙、自信不疑或镇定自若。他的目光低垂，眉头紧皱，仿佛是在沉思，而且似乎对你视而不见。你好奇地看着他又踏上了你身后的踪迹，然后消失在山坡上。不知何故，一种奇怪的感觉——又好奇又自责的感觉，悄悄涌上心头，就好像你已经失礼，或者与一位绅士擦肩而过。

　　嗯，但你没有仔细观察！当他转身与你擦肩而过时，你没有发现他那双黄色的眼睛里闪烁着狡黠的光芒，而他却完全看穿了你的心思。如果你稍有风吹草动，他就会像闪电一样消失。你没有跑到他消失的山顶上，而他在离开你视线的那一刻，就突然加速跑走了。你没有目睹到他的蹦跳、追咬尾巴、跳跃、快速转身和假扮表演；他会径直紧张兮兮地飞奔而去，言语无法表达他的欢欣，因为他靠聪明才智打败了你，所以感到洋洋得意。

　　无论你在何处见到狐狸雷纳德，他都会给你留下深刻的印象，认为他是一只高贵优雅、精打细算的动物。他似乎总是沉着冷静，从不惶恐不安，而且永远不会像一只头脑混乱的兔子或爱管闲事的松鼠那样盲目冲动。当他离开老橡树林南部山坡温暖的岩石时，我与他不期而遇，整个冬天的下午他都蜷缩在那里睡觉。现在，他开始在夜间狩猎；他一边低着头、皱着眉、筹划着一切，一边小步疾跑着。

　　"让我想想，"他心想，"昨晚我在德雷珀树林里狩猎，那么今天晚上我要穿过小溪，去杜松林中的那片牧场的角落里试试运

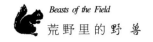

气。兔子会在有月光的夜晚去那里玩耍，他很快就会落入我的手
掌心了。然后，我要去南方的大草地上捕捉老鼠，我已经一个星
期没去了，记得上次我抓了六只。如果找不到老鼠，那我去光顾
老詹金斯的鸡窝。只是——"，他停下脚步，抬起一只脚，倾听着
远处树林中响起的狗叫声。"自从我抓了那只大公鸡后，老詹金
斯就把鸡笼锁上了，把狗放了出来。不管怎样，我都要去那里碰
碰运气。有时候，迪肯·琼斯的母鸡会在旁边的果园里栖息。如
果我能在苹果树上发现她们，我会用自己的一个好把戏把她们弄
下来。——哇，太开心了！"

　　在谋划的过程中，他像蚱蜢一样跳到了一边，把两只爪子使
劲地抓在一块绿色的苔藓上，苔藓在他经过时颤动着。他小心翼
翼地张开爪子，把鼻子插在苔藓中间，接着从苔藓下拖出一只小
林鼠，一口吞了下去；然后，他舔了两下嘴角，继续考虑着自己
的计划，好像什么都没发生过一样。

　　"在回来的路上，我会在福尔斯广场转转，在老山胡桃树旁
边的墙上闻一闻，看看那些昏昏欲睡的臭鼬是否还在那里过冬。
如果我饿了，没有东西可吃的话，我会在春天来临之前将臭鼬一
窝端；他们会在晴天出来，所以只要躲在山胡桃树后面观察着就
行了。"

　　于是，他开始实施自己精心策划的狩猎。如果明天你在雪地
里追踪他的足迹，你就会发现他如何在狩猎场间穿梭。你会发现
他在高高的枯草丛中，盯着兔子看了一会儿；而且，能够估算出
他在草地上捉到的老鼠的数量；还会发现他在鸡舍和果园里的狡
猾行踪；此外，他还在一动不动地站在墙边的山胡桃树后面若有

所思地看了一眼，而这一切都是他在去小溪的路上谋划好的。

　　如果你站在他的一条踪迹旁，而此时狗正对他穷追不舍，那么你期待着看到他不顾一切地冲过来，而且他被身后歇斯底里的狗叫声吓得魂不附体。当一个毛茸茸的黄球从树林中向你飘来，仿佛微风从他身后吹拂着一般，这时你只能惊奇地揉揉眼睛。他就在那里，像往常一样悠然自得、不慌不忙地在小路上疾走着，而且眉头紧皱，显然沉浸在思考中。他在池塘之间的一条小溪上玩了一两圈，在许多冰雪融化的石头上跳来跳去，但没有弄湿自己的脚（他不喜欢脚被打湿），也没有留下任何痕迹。虽然猎狗们对此感到困惑不解，但他有足够的时间在去大山坡的路上想出更多的策略，因为那里有小溪，有古老的屏障，有围栏，有松树下的干燥地，还有许多让他突发奇想的地方。

　　首先，他会纵横交错地绕着山坡跑上六圈，这本身就会让小狗们抓狂；然后，他会沿着篱笆的顶部栏杆跳进没有气味的杜松树林，再跳到没有积雪的墙上，然后——

　　"哦，时间多的是，不着急！"他自言自语道，接着转过身倾听了一会儿。"那条嗓门最大的狗一定是老罗比，他自以为自己对狐狸了如指掌，因为去年他在我去过的一个羊圈里溜达时摔断了腿。我会溜到山坡的另一边，蜷缩在一块温暖的岩石上，看着他们在那纵横交错的足迹上转得头破血流。"

　　所以他从你身边疾跑而过时，心里还在盘算着。他借助从小用过的一块石头跳过了屏障。他似乎飘浮在一片古老的牧场上，偶尔停下来在一些牛蹄间跑来跑去，以消除自己的气味；随后向他的大山坡走去。在到达山坡之前，他会计划一下如何巧妙地撒

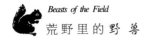

退到池塘，以防老罗比破解了他的迷踪，或是提防在他坐的岩石
附近对他紧盯不放的一些年轻力壮的猎犬。

如果你现在见到他，不会看到他的盛气凌人，因为他非常清
楚被猎狗穷追不舍时，遇到一个手持猎枪的人类意味着什么。只
要你稍有风吹草动，就会有一道黄色的皮毛一闪而过，随后消失
在最茂密的灌木丛里。你不需要去追赶他，因为你在那里再也见
不到他的身影了。他比你更熟悉老路，可以通过十几条你做梦也
想不到的路线中的任何一条到达他的大山坡。但是如果你想再看
他一眼，你可以从最短的路线爬到山坡上去。在到达目的地之前，
他可能会小睡一会儿，或者坐下来倾听狗叫，或者绕着沼泽地跑
一跑，所以你只需要在山坡上找个视线清晰的地方坐好，
一动也不要动，瞪大了眼睛。

有一次，在这样一个地方，一次千载难逢的机会，
我发现了他的身影。那是在一座光秃秃的山顶上，树林
里有五六只猎犬在一条新的踪迹上欢快地唤起冬天的回
响。我正希望看到狐狸雷纳德的身影时，他不知从哪里
冒了出来，出现在不到五十码远的一块岩石上。他躺在
岩石上，鼻子夹在爪子之间，静静地饶有兴趣地听着下
面的喧闹声。偶尔，他抬起头来，因为一些小狗在附近
窜来窜去，对着一串乱七八糟、毫无头绪的狐狸脚印大
吼大叫。突然，他坐直身子，歪着头，就像狗发现自己
的最爱时那样，把舌头
伸出来，聚精会神地看
了看。我也看了看，发

现猎犬老罗比就在下面，他是十几个县里最好的猎犬，此时正像猫一样沿着羊圈的顶栏爬行，时而把鼻子贴到木头上，时而把头往后仰，发出一声狂喜的嚎叫。

这一切那么趣味盎然，而似乎狐狸最乐在其中。

动物研究中最有趣的切入点是从狐狸的早期教育开始。找一个狐狸的洞穴，在六月初的某个下午去观察，躲在远处，透过望远镜盯着入口。每天下午，小狐狸都会像许多小猫咪一样出来晒太阳。他们浑身呈黄色，毛茸茸的，闪闪发光，尖尖的面孔上满是惊奇和疑问。一连几个小时，他们都在翻滚着，追逐着尾巴，嘴里恶狠狠地哼哼着扑向安静的老母亲。一只小狐狸吃力地爬上洞穴后面的岩石，坐在尾巴上，假装一本正经地欣赏着这片宽阔的风景，仿佛自己主宰着这里的一切，样子十分滑稽可笑。当他被喊下来时，他非常忐忑不安，并为此心里做了大量的准备。另一只已经在一个草丛后面蹲了五分钟了，像猫一样看着有东西经过时就发动突然袭击。第三只正玩弄着地上的东西——蟋蟀或涂鸦虫；而第四只一直让自己耐心的老母亲不得安生，所以她只好走开了，独自躺在雪松阴影下的地面上。

下午的时光慢慢过去了，长长的影子爬上了山坡。狐狸妈妈突然站起来，回到了洞穴；孩子们也停止了嬉戏，聚在她的身边。你竖起耳朵想捕捉一点声音，但却什么也听不见；然而她就在那里，坦然地教导着孩子们，而孩子们也在聆听。她转过头，幼崽们便蹦蹦跳跳地跑进了洞穴，而她却站在那里侧耳倾听，东张西望。此时，就在黑暗的入口处，你可以瞥见四个尖尖的黑鼻子和一对对明亮的小眼睛，睁得大大的，最后看了一眼妈妈。狐狸妈妈心里计划着狩猎，一路小跑，最后消失在小溪边。狐狸妈妈一离开，那些小眼睛和小鼻子就往后缩了回去，岸边只剩下一个寂静的黑洞。你再也见不到小狐狸了，除非等到月亮挂上枝头，狐狸妈妈嘴里叼着一些田鼠，或者肩上扛着一只小火鸡满载而归时。

如果你连续观察，你可能会发现狐狸妈妈非常精明：她从不侵扰离洞穴最近的农场里的家禽。她会到数英里之外的四面八方去觅食，她会去骚扰远处农场里的鸡，直到那些徘徊在树林里或在露天院子里睡觉的鸡几乎所剩无几；但她在路过和穿过较近的农场时，除了老鼠和青蛙外，她不会中途去捕食。即使饥肠辘辘的时候，而且发现她洞穴视线范围内有一群鸡，她也绝不会去骚扰他们。她似乎非常清楚，几只失踪的鸡将导致对自己的搜捕；男孩们的眼睛会很快发现她的洞穴，而且他们会迫不及待地用手挖出一窝小狐狸。

狐狸妈妈处心积虑地让幼崽们无忧无虑地成长，但奇怪的是，这些幼崽并不像妈妈那样谨慎。他们在最近的农场附近埋伏起来，开始狩猎；他们看到的第一个猎物是一只迷路的鸡。一旦他们开始这样捕猎，并以自己的猎物为食，就会将妈妈的教诲抛到九霄云外；那么，狐狸妈妈会立即带着幼崽离开洞穴，把他们带到很远的地方。但他们中的一些幼崽会不听话，又回到了以前的洞穴，并为此受到了惩罚。迟早有一天，某只幼崽会在光天化日之下因偷鸡而被发现，被狗追赶，而且愚蠢的小家伙不相信自己的双腿，而是选择了地面的洞穴；但是，隐藏已久的洞穴最终会被发现并被挖开。

当一只老狐狸在夜间为幼崽觅食时，她靠敏锐的鼻子发现一群母鸡一直在树林附近游荡，第二天她就去那里躲起来，一连几个小时一动不动地待在一个枯草丛或浆果灌木丛中；当这群母鸡离得足够近的时候，她就扑到她们中间，趁乱抓住一只鸡的脖子，迅速甩到肩膀上，在其他愚蠢的母鸡缓过神来之前就逃之夭夭了。

但是当一只狐狸发现一只老母鸡或火鸡妈妈带领一窝小鸡四处游荡时，策略就完全不同了。狐狸会像猫一样蹑手蹑脚地向前爬行，趁母鸡不注意就抓起一只小鸡；之后，他像影子一样悄无声息地退了回去，而且用爪子紧握着小鸡的脖子，阻止他发出任何叫喊。狐狸会把自己的猎物藏在远处，然后又爬回来用同样的方式抓捕另一只小鸡，循环往复，直到猎物足够多了，或者直到他被发现了，或者某个半死不活的小鸡缓过气来发出了叫声。母鸡或火鸡妈妈本能地知道这种危险，一旦怀疑有狐狸在窥伺，就赶紧把她的幼崽们赶到开阔地带。

起初，一位农民告诉我狐狸是如何一次捕猎许多小鸡的。有一天，他听到一只火鸡妈妈和一窝小鸡的叫声，于是跑到一条林间小路上，正好看到一只狐狸叼着一只比知更鸟还小的小火鸡逃走了。发现有几只幼崽失踪了，他四处搜寻，很快又找到了五只刚被杀死的小火鸡。他们的布局非常有序，身体平铺，脖子相互交叉，就像玉米棒垛的一角；这样一来，只要咬住他们的脖子，就可以同时把所有的小火鸡都叼起来，而小火鸡就会垂在狐狸嘴巴的两侧。从那以后，我见过一只老狐狸，用同样的方式叼着十

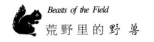

几只或更多的田鼠；当然，是田鼠的尾巴而不是脖子，交织成了玉米棒垛的样式。

狐狸在狩猎中的偷偷摸摸最引人注目。愚蠢的鸡不是唯一被捕获的牺牲品。有一次，我听到一个他在雪地里猎杀乌鸦的故事——一场趁火打劫的捕杀！从痕迹可以看出，一群乌鸦在一片老田地里闲逛，周围是松树和桦树灌木丛。狐狸在午睡的岩石上看到他们或听到了他们的声音，便蹑手蹑脚地走了下来。他是多么小心翼翼啊！从留下的痕迹可以看出他从一块石头爬进了一片灌木丛，再从一片灌木丛爬进了一片草丛里；他趴得非常低，所以他的身体在雪地里堆出了一条很深的踪迹。最后，他爬到田野边缘的一棵矮松树上埋伏起来。他蜷缩在那里，四肢在身体下面紧挨在一起。一只乌鸦从离埋伏点不到十英尺的地方飞过。痕迹显示这只鸟非常警惕，他经常停下来看一看、听一听。当乌鸦把头刚转向一边，狐狸立刻就跳了起来，而且他只跳了两下，就抓住了乌鸦。虽然乌鸦的动作很快，翅膀上的痕迹表明乌鸦已经开始起飞了，但却被从空中拖了下来。雷纳德把乌鸦带到自己能找到的最稠密的灌木丛里，并在那里把他吃进了肚子。

乌鸦和狐狸之间势不两立。每当狐狸雷纳德白天外出觅食时，乌鸦们一定会发现他，并叽叽喳喳地追赶他，直到他狼狈地爬进灌木丛中，但乌鸦们永远不会冒险进入灌木丛。狐狸会一直待在灌木丛里，直到耗尽乌鸦们的耐心。因此狩猎时，人们可能会经常通过狐狸上方的乌鸦叫喊声去追踪正被猎狗追赶的狐狸的确切踪迹。雪地里的痕迹可能会揭开他们之间恩怨情仇的一面。

从同样白雪皑皑的地面上，你还可以读到许多关于狐狸雷纳德行为方式的其他故事。的确，据我所知，在冬天，沿着他的足迹穿过松软的雪地散步是最有趣的事情。无论是在狐狸的足迹上还是在他所经过的树林里，总会有新的发现、新的狩猎情景；而且，他还会经历一两次失望——冒着严寒等了好久但没有发现兔子的身影，或是误判了一对鹧鸪过夜的雪道长度。一般来说，只要你走得够远，你就会领略精彩的狩猎场面，但也会让你对成功狩猎的喜悦摇摆不定，因为要经历数夜的耐心等待和饥肠辘辘的跟踪。纵横交错的踪迹、雪地上的几枚血滴、被风吹散的一点皮毛，或者一根无精打采地贴在灌木丛上的羽毛惟妙惟肖地道出了其中的悲剧。在这样一个流浪汉身上，你可以学到很多狐狸的方式和其他在别处永远学不到的东西。

在新英格兰一个村庄附近的山坡上度过一生的狐狸似乎得益于几代人的经验。他比荒野中的狐狸更加狡猾多端。例如，假如有一只狐狸偷了你的鸡，如果你想把他抓住，那么你的罗网必须设计得非常巧妙。把罗网放在鸡的旁边是不行的，因为他不会因任何诱惑而来到离罗网几码远的地方。一定要把罗网[①]放在树林里，让它靠近狐狸经常光顾的一个狩猎地。然而，在放置罗网之前，你必须撒一堆干树叶或谷壳碎片　　　　来引诱狐狸，有时需要等待一周，有时需要等待一个　　　　月，直到他经常来光顾。然后把你的罗网用烟熏　　　　一下，或者把罗网染上气味；切记，一定要戴着手套　　　　进行处理。之后，你把罗网放在谷壳里，再像往常　　　　一样撒饵；你只有一次抓捕他的机会，而他却有

---

① 捕捉鸟兽的网。

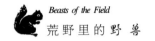

十几次逃脱的可能。此外，在荒野中，有人可能不费吹灰之力就会把狐狸抓住。我认识一个小家伙，他的家离定居点很远；每年冬天，他都会用普通的铁丝网捕捉五六只狐狸。他把这些铁丝网设置在兔子的踪迹上，因为狐狸喜欢在那里狩猎。

在荒野中，人们经常在雪地里发现他的踪迹，根据足迹可以知道当狐狸试图抓住鹧鸪时，却只是将他吓到了树上去。饥肠辘辘的狐狸看了一会儿之后——几乎可以想象到他在树下舔着嘴角的景象，他一路小跑着去了其他的狩猎场。如果他是一只受过教诲的狐狸，他会更加诡计多端。

当一只新英格兰老狐狸在夜间的一些觅食中发现一群鸡正在果园里栖息时，他通常会抓到一两只。他的计划就是趁着月光或者黄昏时来，通过大声尖叫以吸引鸡群的注意。如果鸡群靠近住房，他就会跳起来，以免猎狗或农夫听到他的叫声。当鸡群开始扑动着咯咯叫时——就像他们被打扰时通常的样子，狐狸就蹦蹦跳跳、咬牙切齿地绕着树慢慢地转着；鸡们则伸长脖子追随着他的身影。狐狸跑得越来越快，转着圈飞驰着，直到某只愚蠢的小鸡转得头晕目眩，或失去了平衡，一头摔了下去，他立刻就把小鸡抢了过去，扛在肩上跑远了。

但有一种方式可以轻易地骗过荒野之狐和城镇之狐。这两种狐狸都非常喜欢老鼠，而且对吱吱声都很敏感，但这种声音只要紧闭嘴唇然后快速吸气就可以进行完美模仿。知道这个窍门后，就找一个地方去检验效果。

距离所有新英格兰城镇两三英里远的地方，有一些荒芜已久的旧牧场和开阔地。在这些地方，小狐狸就像兔子一样喜欢在月光下相聚玩耍。当食物充足时，因为不急于狩猎，所以小狐狸们自然而然地就欢欣雀跃起来。第一场雪过后，沿着他们的踪迹很容易就能找到他们的游乐场。如果在秋天某个宁静而明亮的夜晚来到这里，并躲在开阔的边缘，很有可能就会看到两三只狐狸在那里玩耍。如果像黑夜一样静止不动，就会看到二十只狐狸；否则的话，就一只也看不见了。

这总是一个赏心悦目的场景：树林中安静的开阔地在月光下点缀着柔和的灰色阴影，黑暗的哨兵常青树静静地守望着这片土地，野生的小动物在刺柏中嬉戏，在光影中窜来窜去、相互嬉闹，在嬉戏打斗中翻滚着。在我这个白人和印第安人辛莫来之前，狐狸们玩耍时，他们不会意识到旁观者的存在。这样的场景不会一次就能遇上。必须要长久地等待，热爱森林，但要经受住经常的失望。但当这样的场景最终到来时，非常值得观看和欣赏；而且，即使没有发现狐狸，也总会目睹到其他美景。

现在像老鼠一样尖叫，那么离你最近的狐狸就会立马站起来，翘起一只脚倾听着。你再吱吱叫一声，他就朝你的方向飞快地跳三四下，然后又停住倾听着；但他却没有发现你的存在。小心！不要着急；你让他等得越久，他就越容易上当受骗。你又发出一声尖叫，他会更快地跳到距离你十英尺以内的位置；这时，他嗅到或看到了你，于是一动不动地坐在松树荫下的巨石上。

不管他多么吃惊，他都会不露声色，只是漫不经心地看着你，好像他已经习惯了看到人类坐在那块特定的石头上。然后，他面带好像忘记了什么的神情疾跑而去。尽管他老奸巨猾，但他从不怀疑你就是那只他认为藏在岩石下面的老鼠。第二天晚上，他会

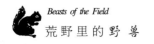

再到那里去看一眼，或者也吱吱地回应你的尖叫声。

只有在初冬季节，通常在下雪之前，人们才能看到他们的玩耍。在这个季节的晚些时候——或者是因为幼崽们已经失去了玩耍的兴趣，或者是因为他们必须努力寻找足够的食物；在分道扬镳之前，他们之间仅限于一起疾驰，一起嬉戏着跳一两下。然而，在任何时候，他们都改变不了玩闹和恶作剧的天性。冬天，我不止一次惊奇地看到一只狐狸追着自己毛茸茸的尾巴飞快地转来转去，以至于尾巴和狐狸一起看起来就像雪地上一个巨大的黄色陀螺。当一只狐狸遇到一只癞蛤蟆或青蛙，并且不饿的时候，他会一直玩弄这个可怜的家伙一个小时；当他发现一只乌龟时，就会用爪子把他翻过来，然后一本正经地坐下来，看着乌龟笨拙地挣扎着重新站起来。在这种时候，他面带一种非常幽默的表情——眉头紧皱，吐着舌头，好像玩得非常开心。

晚冬时节，他会兴高采烈地用蟾蜍或乌龟做美味佳肴。三月的一天，阳光明媚而温暖，到了下午，一只青蛙开始扯开嗓子，呱呱——呱呱——呱呱地叫着，就像远处的一群黑雁。我在树林里的一个沼泽地观察着黑雁，他们从泥泞中走了几十步，来到了一片开阔的水域。这时灌木丛小心翼翼地分开了一个口子，一只狐狸的尖鼻子探了出来。肚皮干瘪的家伙本来在山上睡着了，但当听到黑雁的叫声时，就下来看看能不能抓几只。当狐狸在冰上蹑手蹑脚地向前移动时，他嗅到了我的气味，于是小跑着又回到了树林里。

有一次，我目睹过他抓了一只青蛙。一只名叫奇格沃茨的肥壮绿牛蛙正在睡莲叶子旁晒着太阳，狐狸蹑手蹑脚地走到跟前，

狐狸只是若无其事地打量着你

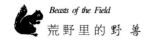

小心翼翼地把一只爪子伸到水下。然后，他猛地一甩，就把猎物抛到了陆地上，趁牛蛙回过神之前像闪电一样扑了过去。

在海岸上，狐狸雷纳德主要依靠潮汐为生。一位老渔民肯定地对我说，他见过狐狸以一种奇特的方式抓螃蟹。狐狸在螃蟹游动的水域找到一个平静的地方，用尾巴在水面上划着水，直到有一只螃蟹爬起来，用钳子抓住了他的尾巴（这是螃蟹的本能行为），狐狸立刻跳了出来，把螃蟹猛甩到陆地上。虽然狐狸会像猫咪一样小心谨慎地不弄湿自己的尾巴或脚，但总有一天我会发现那位渔民说的是真的，而且我也不会为此感到惊讶。

狐狸诱骗鸭子的方式比捕鱼更为不可思议。一天下午晚些时候，我沿着池塘的岸边走着，注意到一些温顺的鸭子中间有一阵骚动，我停下来想看个究竟。鸭子们一边转着圈游着，一边伸展着翅膀嘎嘎地叫着，非常兴奋。我瞥了一眼岸边，似乎看见有什么东西溜进了高高的草丛。我双眼紧盯着波浪起伏的草丛顶部，我确信当一只狐狸消失在树林中时，我瞥见了他的身影。

尽管我怀疑狐狸肯定在耍花招，但这件事让我困惑了好几年，直到一个猎鸭人向我说明了狐狸雷纳德在干什么，因为他曾经目睹过他在一群野鸭身上成功地尝试过。

当一只狐狸发现一群鸭子在岸边觅食时，他小跑着下来，开始在岸边上表演。鸭子们对这个颜色不同、体形微小，而且自己又不感到害怕的动物十分好奇；这只会表演的动物很快吸引了鸭子们的注意力。他们停止了进食，忽而聚在一起，忽而散开，忽而转着圈圈，然后再次聚在一起，而且脖子伸得跟绳子一样直，观察着、倾听着。狐狸开始了表演，时而，他跳得很高，捕捉着臆想中的苍蝇；时而，他追逐着自己浓密的尾巴；时而，他在飞沙尘土中滚来滚去；时而，他疾驰冲上岸边，然后又像旋风一样回来了；时而，他和每一棵灌木玩着躲猫猫的游戏。愚蠢的鸭子们兴奋不已，他们游成了更小的圆圈，高兴地嘎嘎直叫；所以，他们离狐狸越来越近，以便更好地观看奇怪的表演。鸭子的队伍很长，但是好奇心让他们开始争先恐后地往前挤，很快后面的鸭子挤到了前面。在整个表演过程中，表演者表面上对激动的观众毫不在意，只是慢慢地从水边往后退，好像是在当鸭子们挤得更近的时候给他们留出空间。

鸭子们终于上岸了，当他们因为狐狸超凡的跳跃而赞叹不已时，狐狸就扑向了他们，把鸭群搞得混乱不堪。像往常一样，狐狸飞快地把脖子断了的鸭子扔到沙滩上。在鸭群逃进深水之前，他有足够的时间再抓住第二只、第三只。然后，他只留下一只鸭子，而把其余的都埋在那里。他把那只鸭子甩到肩膀上，摇头晃脑地小跑到一个安静的地方，便在那里开始享用美食，之后再安心地小睡一会儿。

尽管狐狸雷纳德很狡猾，但当他正在睡觉时被发现了，他会利用自己熟悉的另一个花招。一个冬天的早晨，我的朋友——一名老猎狐人——在天亮的时候起身，和狗一起在新下的雪地上跑着。在召唤猎犬之前，他先去喂鸡。他蹑手蹑脚朝鸡舍走去时，注意到一条踪迹，是一只狐狸穿过院子，从一个低矮的开口进入了鸡笼；因为没有看到狐狸从鸡笼出来的任何痕迹。我朋友认为此刻狐狸一定还在鸡舍里。

他刚冒出这个想法，就突然传来一阵狂野的咯咯声，这确凿无疑地印证了他的判断。就在那一刻，他把一个箱子旋转到开口处，同时用力敲打，以吓唬狐狸不要再杀鸡了。显然，狐狸雷纳德已经四面受困。猎狐人在门口处听着；但是，除了偶尔的咔哒——咔哒声外，里面一片寂静。

他小心翼翼地打开门，挤了进去。地上躺着一只健壮的小母鸡，全身已经僵硬；那边还躺着一只狐狸，也已经一动不动了。"嗯，肯定是，"猎狐人张大嘴巴说，"肯定是狐狸爬上鸡笼去抓那只母鸡，然后摔下来折断了自己的脖子！"

对于这次不同寻常的狩猎好兆头，他感到得意洋洋，于是捡起狐狸和小母鸡，把他们一起放在外面的盒子上，就去喂小鸡了。

一分钟后，当他出来时，盒子里只剩一两根羽毛了，狐狸和小母鸡已经不知所终。深深的脚印从院子里走了出去，飞快地爬上了山坡。狐狸雷纳德使用了负鼠①的把戏。

没有必要再去寻找狐狸的踪迹了。很快，在山坡上和山谷中回响着猎犬的叫声；尽管这些狗跑得很快，猎人整天都在踪迹上搜索着比他以往更感兴趣的家伙，但他却没有发现狡猾的老狐狸。深夜，这些狗一瘸一拐地回到了家，疲惫不堪、四肢酸痛，但一根长长的黄色皮毛都没碰到过。

从那以后，我好几次听说狐狸以同样的方式装死。我上文提到的那个住在荒野附近的小家伙，就是那个捕狐狸的男孩子。有一次，他用兽夹抓住了一只黑色狐狸，这是一种稀有而美丽的动

---

① 负鼠，是负鼠目、负鼠科动物的通称。它是一种比较原始的有袋类动物，主要产自拉丁美洲，只有一种（北美负鼠）分布在美国和加拿大。负鼠是一种原始、低等的哺乳动物，会装死。

物，他披着一身非常珍贵的皮毛。这个男孩在一个荒野牧场上连续几个星期都设下了诱饵。这是他见过的第一只黑色狐狸，他的一条后腿被夹住了，浑身已经冻僵了，所以他天真地认为这太不可思议了，竟然抓到了这么美丽的一个动物。

他把战利品扛在肩上带回了家。一听到他欣喜若狂的叫喊，全家人都出来赞扬、祝贺他。最后，他从狐狸腿上取下夹子，把狐狸平放在身旁，得意洋洋地看着这个珍宝，尽情地抚摸着他光滑的皮毛。他失神了一会儿；接着，他隐隐约约地看到一只黑色的动物飞了出去，他似乎在木栅栏处停了片刻，然后消失在云杉丛中。

可怜的约翰尼！三年后，当他跟我提起这件事时，眼里仍然泪光点点。

胆小鬼——林鼠图克希斯

　　小林鼠图克希斯——辛莫称之为"胆小鬼"，总是会听到你的尖叫声后现身。首先，经过多次窥视后，他跑出了自己的隧道，坐在后腿上，用爪子揉了揉眼睛，抬头警戒着猫头鹰，回头提防着狐狸，然后径直走到一个人类居住的帐篷前；突然，随着树叶沙沙声和一声可怕的尖叫声，他一头扎进了隧道，好像被小猫头鹰库普卡维斯[①]发现了似的。为了确认一下是否安全，过了一会儿，他蹑手蹑脚地回来了，看看你给他留下了什么样的面包屑。

　　难怪林鼠图克希斯这么胆小，因为除了长满青苔的石头下的洞口外，地面上、空中或水中都危险重重。在他上方，猫头鹰在夜间蹲守，鹰在白天守候；在他周围，荒野中的流浪者，从黑熊

---

① 库普卡维斯是一种横斑猫头鹰，眼黄瞳孔大，喜欢长时间凝视不动，是猫头鹰中样子最为呆萌的。

穆文直到黄鼠狼卡加克斯，都会在每一根旧木头下嗅来嗅去，希望能找到一只林鼠；如果他随性去河里游泳，河里的任何一条大鳟鱼都会离开自己的漩涡，勇敢地冲向小林鼠泛起的小涟漪。因此，在他冒险走出洞穴的那一刻，所有这些敌人都在等着抓住他，所以林鼠图克希斯必须先假装试探一两次，才能找到安全地带。

这就是为什么他第一次出现时总是躲躲闪闪，这就是为什么在来到光亮下之前，他两三次飞快地东瞧瞧、西看看；因为他知道自己的敌人已经饥饿难耐，非常担心他会逃走，或者被其他动物捷足先登，所以当他露出胡须的时候，他们就会跳起来将他抓住。他们对小林鼠的肉已经垂涎三尺，如果错过了他，他们确信，翅膀的猛扑或红色下巴的啃咬会把他吓得永远躲藏起来，所以他们不得不转战其他踪迹。当一名潜行者从树桩后面观察时，他看到林鼠图克希斯一闪而过，并听到了林鼠的惊叫声，他自然而然地认为林鼠图克希斯那敏锐的小眼睛看到了自己的尾巴，因为他忘了把尾巴使劲蜷缩起来，于是他悄无声息地溜走了，好像为自己感到羞愧。即使是耐心十足的狐狸，也不知道如何等待林鼠图克希斯再次出现。这就是"胆小鬼"的自我拯救。

为了躲避这些敌人，林鼠图克希斯有一个避难所，那就是在长满苔藓的石头下，漂亮的入口内的小拱形洞穴。可以肯定的是，他的大多数敌人都会挖洞，但他的隧道蜿蜒曲折，从洞口看不出隧道通往何处；而且，荒野中没有发现蛇的踪迹。偶尔，我也会看到黑熊穆文把石头翻过来，把下面的土刨出来；但通常，会有坚硬的树根挡路，黑熊穆文决定不为这么一小口食物而费太多力气，便拖着脚步向红蚂蚁居住的原木走去。

在穿越森林的旅途中，林鼠图克希斯从未对潜在的危险掉以
轻心。他一路胆战心惊、匆匆忙忙、蹦蹦跳跳、躲躲藏藏。他看
了好几眼后才走出洞口，像一条小鱼一样穿过苔藓，爬上一根向
上翘起的树根。他坐起来一边倾听着，一边紧张地揉着胡须。然
后，他沿着树根滑行了几英尺，落到地面上消失了。他藏在一片
枯叶下，安静了片刻后，像玩具盒的奇异小人一样跳了起来。此
时，他正坐在遮盖自己的树叶上，又开始揉着胡须，并回头看着
自己的足迹，仿佛听到了身后有脚步声。突然，他尖叫一声，紧
张不安地飞奔而去，最后消失在同伴们居住的那块长满苔藓的古
老原木下，而那就是他们整个家族的聚居地。

所有这些以及其他更多的趣事，都是我第一次开始研究生活
在我帐篷视线范围内的野生动物时发现的。后来，我长时间地远
足追寻着熊和河狸，跟随着大雁，追赶着鹰老怀特黑德和荒野树
林乌鸦卡卡戈斯，结果发现在我的篝火取暖范围内，还隐藏着一
些小野生动物，他们的生活更不为人知，而且和我一直跟踪的大
型生物一样有趣。

有一天，当我悄声无息地回到营地时，我看到辛莫在帐篷附
近正聚精会神地看着什么东西。他站在一棵大桦树旁边，一只手
靠在树皮上，正在为明年冬天他的新独木舟所用的木料做标记；
而另一只手仍然握着他刚才捡起的斧头，快速打着"水壶歌[①]"的
节拍。他黝黑的脸朝树后张望着，脸上写满了孩子般的紧张。

我在他毫无察觉的情况下偷偷走了过去，但我什么也没看见。
树林里一片寂静。白喉麻雀基洛莱特在自己的窝边打着瞌睡；山

① 英国民谣，只有曲，没有具体歌词。

林鼠图克希斯正坐在我的水杯边缘上

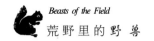

雀也消失不见了，因为他们知道现在不是吃饭的时间；红松鼠米科经常被迫无奈地从枞树顶上跳到地面上，现在正闷闷不乐地躺在自己的铁杉上，抚摸着酸痛的脚，每当我走近他时，他都会怒气冲冲地斥责我。辛莫仍在注视着，仿佛一只熊正在靠近他的诱饵，直到我低声问道："嗨，辛莫，看什么呢？"

"我看到了一只小'胆小鬼'，"他不自觉地用自己的方言回答道，他的方言是世界上最柔和的语言，那么温柔，野生动物听到时都不会感到不安，并且以为那只是松树发出的比较响亮的沙沙声，或岩石上柔和的敲打声。"哦，看！他在用你的杯子洗脸。"我踮着脚尖走到林鼠图克希斯的身边，他正坐在杯子边缘上不停地擦洗着脸，杯子里是为傍晚钓鱼新泡的茶水。他用爪子舀起两把水，迅速地在鼻子和眼睛上擦洗，然后在耳朵后面（困倦时能最快唤醒你的位置）擦洗。接着，又舀了一把水，又重新用力地擦洗了一遍，最后像之前一样在耳朵后面结束了洗脸。

辛莫看得目瞪口呆：因为印第安人在树林里除了能见到那些与他们的诱捕和狩猎有关的东西外，几乎见不到什么新奇东西，所以看到一只林鼠在洗脸，就像看到我读书一样让他感到不可思议。所有的林鼠都非常干净，他们身上没有家鼠的强烈气味。后来，在熟悉的过程中，我看到林鼠在我放在他洞穴附近的装满水的杯子里擦洗刷了很多次，但他只清洗脸和耳朵后面的敏感部位。有时，当我看到他在湖里或河里游泳时，我想知道他在我的杯子里洗脸是想去旅行，还是纯粹是一种爱好。

我把杯子放在原来的地方，而且还给小客人摆上了大餐——饼干屑和一点蜡烛头。第二天早上，没有发现他们的身影，但是几只老鼠的痕迹清楚地表明，被从荒野小路召唤来的是谁。这是人类对动物的引入。很快，他们经常来光顾。我只需要撒下面包屑，并像老鼠一样发出吱吱的叫声，苔藓上或老桦树叶子褪了色的金色挂毯上就会出现小条纹和闪光，小动物们就会来到我的桌旁，他们的眼睛像黑玉一样闪耀，他们抬起小爪子刮擦着胡须，克服对外界的恐惧感。

他们的样子并不都一样，而且恰恰相反，他们各有千秋。其中一个，跟在我杯子里擦洗过的长得一模一样，是灰色的，精明老练，能够成功地躲避敌人。他的左耳朵上有一个切口，是因为打架，或者是当他在树根下躲避时，被猫头鹰的爪子抓了一下。很快，他就成了这群林鼠中最机警、最大胆的一个。有一两天，他秘密地来到这里，利用枯叶和乱七八糟的树根来隐藏自己的踪迹，迅速地神不知鬼不觉地穿过开阔地。丝毫看不出棕色叶子下面隐藏着什么，但是一旦林鼠确定比较安全了，就放心大胆地走了出来。这个大胆的家伙用脸紧贴着他取食的桌子，除了眼睛外，浑身一动不动，即使他的爪子有移动也只是蜻蜓点水般；总而言之，林鼠图克希斯心里一点也不害怕。奇怪的火堆催生了饥饿感；此外，经过一两天的观察后，林鼠图克希斯知道了白色的帐篷，以及树林的主宰者——人类的来来往往让狐狸、猞猁和猫头鹰远远地望而却步。只有水貂会在晚上偷偷溜进来偷人类的鱼，这让林鼠图克希斯感到心惊胆战。因此，林鼠图克希斯很快就放弃了夜间活动的习惯，大胆地在白天的阳光下出来活动。通常，这些小动物都是在黄昏出来活动，他们飞快地隐藏在逐渐蔓延而摇曳的阴影中。但随着恐惧的消失，他们就可以兴高采烈地在白天东

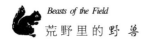

窜西跳了，尤其是当美食在召唤他们的时候。

除了经验丰富的林鼠外，还有一只林鼠妈妈。我后来发现，她小小的灰色皮毛下掩盖着了不起的母爱。她从来没有在我的餐桌上吃过东西，而是把食物藏起来，并不是为了喂养她的孩子们——因为他们还太小了，而是在明亮的小眼睛后面，有一种无法言语的想法——孩子们需要她，所以为了他们，她必须更加珍惜自己的生命。她总是从一棵倒下的白桦树上的灰色树皮碎片下出现，并沿着同样的路线，先到一块长满青苔的石头上，然后钻到树根下的一个黑洞，再穿过一个低矮的灌木丛，最后沿着帐篷的木制底面怯生生地溜到老鼠取食的桌子上。在桌子上，她会匆匆忙忙地往嘴里塞食物，直到像牙疼一样脸的两颊高高地鼓起，然后沿着来时的路线偷偷地溜走了，最后消失在一片灰色的树皮下。

在很长一段时间里，我苦苦搜索着她的洞穴，但我知道它肯定离我不远。洞穴不可能在她消失的桦树木头里面，因为它通体都是中空的，也不可能在木头下面的任何地方。不远处有一块大石头，石头的一半被从四周长出来的青苔覆盖了。我在石头上进行了最仔细的搜索，终于找到了通往林鼠图克希斯洞穴入口的蛛丝马迹；有一天，风不大也不小，我独自一人去湖边时，我搬起这块石头放在独木舟的船头上。谜底终于揭开了，洞穴就在石头下面的一些云杉树根中的一个干草堆里。

洞穴里传来一声微弱的嘶嘶声，于是我明白了，林鼠妈妈像往常一样外出觅食了，孩子们正在家里嗷嗷待哺。我看着树根间的隧道里有一个东西在快速地移动，是林鼠妈妈跑了回来。她停了一会儿，把前爪扒到树根上，嗅一嗅有什么危险。随后，她看到我的脸俯在入口处：有情况！她冲进了洞穴。过了一会儿，她又出来了，身体两侧挂着孩子们飞奔而去，消失在自己的隧道里，但其中一只幼崽被甩了下来，他还是娇嫩的粉红色，小得甚至可以藏进针箍里，他没有抓紧妈妈，所以被遗落在了后面；但他很快就在我手里找到了最黑暗的角落，放心地依偎在那里。

十分钟后，小林鼠妈妈回来了，她焦急地寻找着丢失的幼崽。她发现他在自己的巢穴里安然无恙，而我仍在注视着。她有点放松了警惕；但当她躺下身给小家伙喂奶时，她又害怕起来，于是带着幼崽跑进了隧道，小家伙紧紧地靠在她身边，现在终于安全了。

我把石头放回原处，在洞穴周围小心翼翼地盖上了苔藓。几天后，林鼠妈妈又来到了我的餐桌旁。我偷偷地走到石头跟前，把耳朵贴在石头上，听到了开心而微弱的吱吱声，我知道他们又住进了那个洞穴里。然后，我看着林鼠妈妈又开始重操旧业。当她两颊鼓鼓的时候，她就沿着她惯常的路线消失在一片树皮下，这条路线通向桦树原木的中空处，她一直走到尽头，在那里她停了一会儿，东张西望、左听右听、嗅来嗅去；随后，她跳到一堆树根和枯叶下面，下面有一条隧道，从苔藓深处一直通向她在石头下的洞穴里。除了这些年长的林鼠之外，还有五六只年轻一点的林鼠都很胆小，但有一只林鼠从一开始就一点也不害怕，而是径直来到我的手上，吃了他的面包屑，再爬到我的袖子上，开始啃我法兰绒衬衫上的羊毛，为自己做了一个温暖的窝。

与这个小家伙不同的是另一只林鼠，他非常胆小。他属于另一个家族，还不习惯人类的生活方式。我后来才知道，在应对那些长期生活在恐惧笼罩环境中的小动物时，必须非常谨慎。

在我帐篷后面不远的地方，有一根倒下的木头，已经霉迹斑斑，长满了苔藓，上面的林奈花盛开，摇动着花钟，下面住着一个林鼠的族群。他们会把我房子木头旁边的面包屑吃掉；但永远不会爬到我的桌子上去吃；我不知道是不是因为他们没有耳朵灵敏、经验丰富的同伴去窥探我的行为，还是因为我的存在让他们望而却步了。有一天，当我走近时，我看到林鼠图克希斯潜入了大木头下，因为没有什么比较重要的事情要做，所以我把一块大面包屑伸进了苔藓里，放在他的入口处，把手藏在诱人的食物附近的一个杂草丛里，尖叫着召唤他们。不一会儿，林鼠图克希斯的鼻子和眼睛出现在洞穴的入口处，当他闻到蜡烛上的油脂时，他的胡须紧张地抽搐着。但他对那个大东西心存怀疑，或者闻到了我的气味而感到害怕，因为在多次躲闪之后，他完全消失了。

我正在琢磨他的饥饿会和他的谨慎抗争多久，这时我看到诱饵附近的苔藓下面翻滚起来。一簇苔藓微微起伏着，林鼠图克希斯的鼻子和眼睛从地上冒了出来，向四处嗅了嗅。他的小伎俩现在已经很明显了：他在挖地道，要去吃自己不敢公然去吃的东西。

我饶有兴趣地屏住呼吸，看着一个微弱的颤动靠近我的诱饵，这说明他正在推动他的战利品。然后，他的目标附近的苔藓轻轻地抖动着；一个洞口打开了，食物滚了进去，林鼠图克希斯带着他的战利品走了。

我从口袋里掏出更多的面包屑放在同一个地方，不一会儿就有三四只林鼠前来啃食。其中一只坐在杂草丛附近，像松鼠一样用前爪拿着一点面包屑。草丛里突然动了一下，他还没来得及跳起来，我就把手捂住了。我把另一只手放在他下面，把他举到我面前，从指缝间观察着他。他没有逃跑的举动，只是剧烈地颤抖着。他的腿看起来那么微弱，都支撑不住自己的体重了，接着他躺下身子，双眼紧闭，抽搐了一下，就死掉了——被一只对他毫无伤害的手吓死了。

正是这个对我来说完全陌生的族群，让我以一种特殊的方式了解到了林鼠的拜访习惯，同时也领教了另一个我不会很快忘记的教训。几天来，我一直在想方设法捕捉一条大鳟鱼，他是族群里的一个异类，他生活在入口处一块岩石后面的湖水漩涡里。那个湖里鳟鱼稀少；夏天，大鱼总是懒洋洋的，很难捕捉到。大部分时间里，我对鳟鱼如饥似渴，因为我钓到的鱼很小，而且很少。然而，有好几次，当我从岸边的入口处观察小鱼时，我看到远处岸边附近的一个大漩涡中有旋动，我知道下面肯定有大鱼。有一天，一条大鳟鱼跟在我的苍蝇诱饵后面从水里跃出了一半身子，小苍蝇诱饵立刻消失了；我敢肯定，即使花费整个夏天才等到那条大鳟鱼的突袭，我也会因为钓竿的弯曲和震颤感到欣喜若狂。

苍蝇诱饵对他已没有任何诱惑力了。在黎明和黄昏时，我给了他各种各样的苍蝇诱饵，但他都不为所动。我试过鲈鱼喜欢的幼虫，所有梭鱼都无法抵挡的青蛙腿，还有大鳟鱼黄昏时分在睡莲丛中捕食的小青蛙，但他对这些都熟视无睹。我又用了水甲虫，一只红松鼠的尾巴尖（这是世界上最棒的诱饵），还有蚱蜢，以及一把带着一组危险钩子的银勺子；我讨厌这把勺子，而且我记得鳟鱼也不喜欢它。鳟鱼们躺在凉爽的大漩涡里，懒洋洋地吃着顺流而下的食物，丝毫不理会那些诱饵。

后来，我在溪流的上游钓到了一只红鳍；我把他牢牢地钩住，放在一块大木片上，把我的钓线缠在木片上，让他顺流而下，而钓线在后面轻轻地散开。当他到达漩涡时，我提起我的竿尖，钓线就拉紧了，接着红鳍跳入水中，一条两磅[①]重的鳟鱼肯定以为红鳍一直藏在木片下面，所以他跳起身来，把红鳍吞了下去。那是我抓到的唯一的一条鳟鱼。他的挣扎惊动了整个池塘，所以其他鳟鱼以后对红鳍也就视而不见了。

再后来，一天黎明时分，当我坐在一块大石头上思考新的诱饵和策略时，河对岸一片桤木灌木丛中的骚动引起了我的注意。林鼠图克希斯就在那里，他在灌木丛旁边奔跑，显然是为了那些仍然粘在树梢上的黑色柳絮。当我看到他时，他摔倒了，或者是从树枝上跳到下面平静的水中，绕了一圈后，勇敢地穿过了水流。他游泳时，我只能看到他的鼻子，黑色的水面上有一个荡漾的三角形，身后拖着一个加宽的字母 V。水流把他冲了下去，他到了大漩涡的边缘，突然跌落了下去，林鼠图克希斯就不见了踪影，只留下一圈飞旋的涟漪，最后消失在岩石后面的波纹和漩涡

---

① 英美制质量单位，1 磅约等于 0.5 千克。

里。——而我终于找到了大鳟鱼想要的诱饵。

我匆匆赶回营地，在弹夹里轻轻地装了一撮尘土，在我帐篷后面的大木头附近撒了一些面包屑，吱吱叫了几声，然后坐下来等待。"这些林鼠对我来说只是陌生的家伙，"我自我安慰地想，但有点过意不去，"树林里到处都是林鼠，但我只想要那条鳟鱼。"

不一会儿，长满青苔的入口处传来一阵沙沙声，林鼠图克希斯出现了。他飞快地穿过开阔地，嘴里叼着一块面包屑，用后腿坐起来，用爪子抓着面包屑，开始吃起来。我举起枪，以为他会躲闪几次，然后我就给了他一枪；但是他的大胆让我目瞪口呆，这刷新了我对他的认知。然而，我的目光仍然沿着枪管，通过瞄准镜，来到林鼠图克希斯坐着吃面包屑的地方。我的手指按下了扳机——"哦，万恶不赦的屠夫，"我心里自责着，"他那么小，而你的枪会发出多么大的吼声！难道你不感到羞耻吗？"

"但我想要鳟鱼。"我辩解着。

"那就抓住鳟鱼，别杀这些无辜的小东西，"我的良知严厉地告诫我说，"但他对我来说只是个陌生人，我从来没有"——

"但你为什么喂他吃面包和盐？"我的良知反驳道。就这样问题就解决了。但就在我透过瞄准镜观看他时，林鼠图克希斯吃完了面包屑，走到我的脚边，沿着我的腿跑到我的大腿上，满怀期待地看着我的脸。他那灰白的皮毛和有切口的耳朵表明他就是一周前我桌子上受欢迎的客人。他以林鼠最喜欢的方式，拜访了我这个陌生的物种，并以身作则说服了同伴像他一样相信我。想到这，我感到比因射杀鹌鹑而被当场捉获更加羞愧难当，所以我

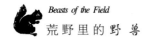

扔掉差点害死自己朋友的可恨弹夹，回到了营地。

在营地，我用一小块麝鼠皮做了一只老鼠，用我的皮鞋带缝了一条尾巴。这完全达到了目的，因为还不到一小时，一条大鳟鱼就平躺在我旁边的岩石上，我在旁边赞赏着他的硕大和美丽。但我在下一次的抓捕中失去了这个诱饵；当诱饵刚靠近岩石后面的漩涡时，第二条鳟鱼就扑了过去，咬住了诱饵的一条腿将它带走了。

从那之后，在我看来，林鼠可以安心无忧了。虽然鳟鱼像鲑鱼一样大，但没有一条鳟鱼尝过鲑鱼的味道，除非他们自愿送上家门。我让林鼠取食的桌子比以前更加丰盛了。我看到了他们来来回回的多次拜访，并且在春天最后一场雪融化时，我更好地理解了那些隧道的作用。在森林的一个漂流物聚集的角落里，你会经常发现许多隧道从四面八方汇集到一个中央洞穴。这些隧道展示了林鼠图克希斯的社交天性，以及他与同伴们的长期交往，而且还可以让林鼠们免受猎捕的侵扰——当上面的积雪将夏天的恐惧一扫而空时，他们就会免受鹰、猫头鹰、狐狸和野猫的伤害。当没有开阔的水域诱惑林鼠去游泳时，在漩涡下等待林鼠的大鳟鱼斯库克图姆就会感到饥肠辘辘。

几周的时间一晃而过，就像在荒野里度过的几周一样，现在我们不得不打道回府了。但有一件事困扰着我——那只小林鼠图克希斯一点也不知道恐惧，而且还想在我的法兰绒衬衫袖子里搭个窝。他简单的自信比其他所有林鼠的好奇心更能打动我。他每天都来领面包屑，不是通常从桌子上拿的，而是到我的手上去取的。显然，他吃东西的时候很享受面包屑的温暖，而且总是能得到最美味的食物。但我知道他会是我离开后第一个被猫头鹰抓住的猎物，所以只有恐惧才能拯救野生动物。

偶尔，人们会发现各种各样缺乏恐惧本能的动物——青蛙、小鹧鸪、驼鹿幼崽，并想知道他们不知道恐惧的黄金时代（或是圣经人物以赛亚的辉煌景象——狮子和羔羊躺在一起）如何理解。我甚至见过一只小黑鸭，他的天性和荒野一样狂野不羁，他无视妈妈的警告和她丰富的躲藏经验，在荒野湖泊的灌木丛中晃晃悠悠地来到我的独木舟旁，而他的兄弟们则蜷缩在弯曲的灯芯草的隐蔽处；于是，他的妈妈疯狂地拍打着翅膀，扑腾扑腾地溅着水花，嘎嘎地叫着，拖着一只翅膀，把我从孩子们身边赶走了。

不知道恐惧的小家伙通常会被自己的妈妈抛弃，或者在她绝望地放弃他之前，让他第一个在与强者的战斗中倒下。这只小林鼠图克希斯显然不知道恐惧；因此，在离开之前，我承担了教他感到恐惧的任务——这显然对大自然和他自己的母亲来说非常不公平。我捏了他几下，像猫头鹰一样对着他尖叫——这个过程非常恐怖，其他林鼠迅速躲藏了起来。然后，我在他上方挥舞着一根树枝，就像鹰挥动着翅膀一样，同时把他一次接一次地翻转过来，把他翻腾得头晕目眩。当他再次出现时，他的眼睛里就闪现着一种新的光芒，那就是恐惧之光。我会用一根棍子像一只爬行的狐狸一样在蕨类植物中扭动着，再用铁杉尖猛地把他翻过去。这是一个艰难的课程，但几天后他就学会了。在我完成教学任务之前，无论我多么真心诚意地尖叫，任何林鼠都没有再来光顾我的桌子。他们会像从前一样在暮色中四处飞奔，但只要我一挥动棍子，他们就会立刻

185

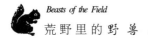

躲避起来。

这是为了应对即将在我的露营地上空徘徊的强盗种群所做的严肃而必要的准备，因为蕨类植物之间的悄悄移动，或者暮色阴影中的阴影掠过，与蠕动的棍子和挥舞的铁杉尖是截然不同的东西。聪明的林鼠会用自己的牙齿和爪子啃咬，突然猛冲，赶紧逃命，事后再去探明真相。该到说再见的时候了，让他们在荒野中自求多福吧。